聖女の姉ですが、宰相閣下は無能な妹より私がお好きなようですよ？ 2

登場人物紹介
character
エドヴァルド・イデオン
アンジェス国の宰相。冷徹な性格だが、
レイナを召喚したことに罪悪感を抱えている。
また、レイナのことを知っていくにつれて
独占欲を次第に隠さなくなってきている。
レイナ（十河《そがわ》怜菜《れいな》）
異世界に『聖女の姉』として
召喚された。今はエドヴァルドの
邸宅で居候をしている。
明晰な頭脳を持つが、妹への
コンプレックスがある。独占欲を
前に出したエドヴァルドには押されがち。

フィルバート・アンジェス
アンジェス国の国王。エドヴァルドとは気心知れた仲だが、その内面には仄暗いものを隠し持っている。
マナ（十河《そがわ》舞菜《まな》）
レイナの妹で、異世界に召喚された『聖女』。必要以上に前向きで視野が狭い。レイナを「なんでもしてくれる姉」だと思っている。
ファルコ
公爵家お抱えの諜報兼、護衛組織のトップ。レイナとはとある依頼で主従関係。
イリナ・ハルヴァラ
現・ハルヴァラ伯爵代理の気弱な夫人。
ミカ・ハルヴァラ
イリナの息子で、無邪気に見えるが聡明。

プロローグ　見知らぬ夜空を見上げて

湯船に浸《つ》かり、身体を温めて、ベッドに潜り込んだはずだった。

「……眠れない」

どのくらい時間が経ったのか分からないまま、結局私は再び起き上がって、サイドテーブルにあった飲みかけのノンアルコールサングリアを片手にベランダに出た。

ほんのひと月半ほど前までは、日本の学歴社会においての頂点に君臨していると言っても過言じゃない大学に、意気揚々と通っていたのに。

家族を振り切り、妹を振り切り、誰に煩《わずら》わされることもない未来は薔薇色のはずだった。

それが、なぜ。

飲み物を片手に、見知った星座がひとつもない夜空を見上げているのだろう。

一人暮らしをしていた時とは似ても似つかない広さのベランダに、アイアンチェア二脚と丸型のアイアンテーブルが置かれている。私は日本とは比べ物にならないほど星の多い空を苦々しく見つめた。

目の高さに掲げたグラスの中身を飲んだところで、ぶどうジュースにフルーツの浮かんだそれでは、酔って見た夢と思うことも出来ない。

「異世界《ここ》で何してんだろ、私……」

——答えは返らない。

正確には、どうやって、は分からなくとも「何故」は分かる。

やってくれたのは、双子の妹・舞菜《まな》だ。

『たった二人の、血を分けた双子の姉妹だもん！　マナを助けてくれるよね⁉』

異世界に呼ばれ「聖女」としてちやほやされるという都合の良い部分だけを享受し、そうあるための努力は最初からするつもりもなかった妹が「足りない部分は姉が補う」などと、相手に気軽に吹き込んだ結果——私は異世界に召喚されたのだ。

六年越しの家庭内叛乱を成功させて、誰にも後ろ指を指されない一流大学に入学を決めて地元を離れ、卒業後は自由になった自分の人生を謳歌するはずだった。そんな私の未来設計を、妹はたったの一ヶ月で叩き壊した。

ある日いきなり図書室で腕を掴まれ、気付いた時には私は中世ヨーロッパ仕様な宮殿の中に立たされていたのだ。

アンジェス国——登場人物も設定も、何もかもが乙女ゲームであり戦略シミュレーションゲームでもあった〝蘇芳戦記〟と酷似した世界。

この世界では各国を繋いでいる〝転移扉〟を維持出来る魔力を持つ者は〝扉の守護者《ゲートキーパー》〟と呼ばれる。

鉄道も飛行機も存在しない、馬車移動が主体の世界で〝転移扉〟の存在は非常に重要だ。それゆえ、それを維持するだけの魔力を持つ者は、国から王族にも匹敵するほどの手厚い保護を受けている。

そして、〝扉の守護者《ゲートキーパー》〟が男性であれば「聖者」と呼ばれ、女性であれば「聖女」と呼ばれている。世間一般にイメージされる祈りで浄化作業を行うような聖女像とは趣《おもむき》を異《こと》にしているのがこのゲーム世界だった。

多分妹は今でも充分には「聖女」の役割を理解していないだろう。

その結果、私を召喚するなどという強硬手段に出たのだから。

私が求められた役割は妹の補佐。私には魔力なんてものは欠片も存在しなかったにもかかわらず、だ。魔力があろうと、それ以外何もしない「聖女」に、召喚した側が早々に不都合を覚えたのだろう。

だからと言って、片道切符の強制招待はいただけなかった。

挙句、日本に戻る術《すべ》もないと知ればなおさらに、妹に縛り付けられたままの生活などごめんだと、そう思って、王宮さえも早々に出て行くつもりではいたのだけれど。

ぶっちゃけ住所不定無職の状態で未知の世界へ飛び出していくほど、お花畑脳にはなれなかった。

だから数多《あまた》の不満と不安はいったん全て呑み込んで、アンジェス国宰相であり、大学の図書室から私を引きずり込んだ当事者であるエドヴァルド・イデオン公爵の邸宅《おやしき》で、私は自活の目処が立つまで厄介になることを許容したのだ。

あくまで、それは王宮で妹と暮らすことを避けるための、せめてもの代案としてだった。

そうなると嫌でも、ゲーム上の今後を考えざるを得ない。

今の自分が暮らすのは、アンジェス国イデオン公爵邸。

となると、私が歩んでいるのは間違いなく〝エドヴァルドルート〟だろう。

元々アンジェス国パートのシナリオは恋愛が少なく、戦略シミュレーションゲームとしての趣《おもむき》が強い。

それゆえ美形キャラとの恋愛を楽しみたい女子の多くは、より恋愛要素の強い別の国――ギーレンかバリエンダールからスタートしていたはずだ。

アンジェス国で展開していく物語は、隣国であるギーレンからの侵略、あるいは〝扉の守護者《ゲートキーパー》〟の略奪を阻止することがメインになっている。

だからバッドエンドは必然的に国の滅亡による上層部の処刑、あるいは宰相《エドヴァルド》の暗殺によって国が滅亡するフラグが立つというシナリオになっている。

では今の私は、ゲームの時系列で言うところのどこに立っているのだろう。

イデオン公爵邸に招かれて最初に確認したのはそのことだった。

エドヴァルドルートのバッドエンドは二種類ある。

その分岐点になる事件の内、隣国ギーレンでの第一王子による婚約破棄事件は既に発生していた。

そのため、機密情報である〝転移扉〟の情報流出事件から派生するエドヴァルドの処刑エンドのシナリオは消滅していると判断できた。

けれど第一王子が王位継承権を失うことで、次期王太子として外遊に出ることになる第二王子エドベリが、滞在先であるアンジェス国の王宮で暗殺される可能性は残されている。

もしこのルートのまま進行すると、アンジェス国王の叔父レイフ殿下と、ギーレンでの復権を目《もく》論《ろ》む元第一王子による二国同時の叛乱が勃発してしまう可能性がある。

そうなると、エドヴァルドが国を追われる途中で殺害されるバッドエンドにたどり着いてしまうかもしれないのだ。

エドヴァルドを失ってしまえば、聖女《いもうと》と共に王宮に縛り付けられるか、彼女とセットでレイフ殿下派閥のどこぞの有力貴族に囲い込まれかねない。

悪くすれば魔力なしの「聖女の姉」には価値もないとばかりに暗殺者を差し向けられるかもしれない。

いずれにせよ国王陛下《フィルバート》が私の保護と教育をエドヴァルドに委ねた時点で、私の命運はエドヴァルドと共に動こうとしていたのだ。

とはいえ、今のままではシナリオを知ったところで舞菜《いもうと》は確実に何もしないだろう。なんとしても、私がエドヴァルドの死のシナリオを回避しなくてはならないのだ。

最初はもちろん私自身が死にたくないというところから始まった。けれど彼の邸宅で過ごすうちに、エドヴァルドも死なせたくないという気持ちが強くなっていった。

彼の処刑エンドが回避されたとして、ならばもう一つのバッドエンドである亡命・暗殺エンド阻止のため、これから私に何が出来るのか。

元いた世界に帰る術《すべ》が見つからない以上は、今はそれを最優先に考える必要があった。

なのに。

(――帰さない)

「……っ!」

かつて、彼にそう囁かれたバルコニーに佇んでいたのがいけなかったのか、エドヴァルドに囁かれた言葉が脳裡にこだましてしまい、わちゃわちゃと両手を振ってしまう。

だいたい、そんなシナリオもスチルもゲームの中にはなかったのだ。

なかったはずなのに、実際には反則ぎみなバリトン声と共に、重なった唇の記憶までが甦ろうとしていて――

「――レイナ」

「ぴゃっ⁉」

まさか脳内こだまと現実とが一致すると思わず、うっかりおかしな声をあげてしまった。

気付けばベランダの向こうに立ったエドヴァルドが、ラフな格好でじっとこちらに視線を向けている。

「エ、エドヴァルド様……」

「眠れないのか」

「えっと……」

はいと答えても、違うと答えても、自分が不利になることが確定していそうで言葉に詰まる。

「いよいよアルノシュト伯爵夫妻が来ると思えば、ちょっと眠れなくて……」

困った私は、眠れないほどの悩みではなかったけれど、嘘ではないことを口にしてみた。

事実、現国王の叔父であるレイフ殿下は虎視眈々と叛乱の機会をうかがっている。明日やってくるアルノシュト伯爵夫妻はそんなレイフ殿下に抱き込まれて、彼に資金の提供を行っているようだ。

つまり、この国にいずれ起きる叛乱《クーデター》を防ぎ、エドヴァルドの命を救うためには、彼らをやりこめる必要がある。

アルノシュト領は無理な鉱山開発によって、鉱毒を垂れ流しているという話も出たからには、彼らを罰する重要性はさらに高まっているのだけれど……

「あ、案外難しいですよね。アルノシュト伯爵だけをやりこめて、領内の産業の価値は下げすぎず、経済的な体力をつけさせるっていうのは――」

「――レイナ」

「……はい」

エドヴァルドに名前を呼ばれ、あえなく言葉を区切る。

どうやら悩んでいたのはそこじゃない、というのはバレバレだったようだ。

「一人でアルノシュト伯の瑕疵《かし》を問おうとしなくていい。そもそもこの問題は、一朝一夕でどうにかなるものではない。この件で貴女を王宮の聖女のところに戻すような真似は誓ってしない。……だから」

そこで少しだけ、間が空いた。

夜空に同化しそうな群青の瞳が、こちらを射貫く。

「公爵邸《ここ》にいてくれ。私は決して召喚をした罪悪感で貴女を望んでいるわけではないんだ。覚えておいてくれ。明日、いや、これからも、私は貴女のすぐ傍にいるのだということを」

夜が明ければ、アルノシュト伯爵夫妻がいよいよ領地の報告にやってくる。昨日、私一人で対峙したのとは違い、エドヴァルドが隣に立つ。

彼らが難敵だというのはよく分かっている。貴族社会に慣れた彼らはのらりくらりとこちらの言葉を躱《かわ》す術《すべ》を知っているのだ。

そんな彼らと相対する不安があった。だから嘘はついていない。けれど本当に不安だったのは、そのことじゃなかった。

この邸宅の居心地の良さと、私を選び、傍にいると言ってはばからないエドヴァルドの言葉を信じていいのかという疑念。

そして舞菜《いもうと》じゃなく「怜菜《わたし》」だけを見てくれる人間などどうせいないのだからと、一人で異世界を生き抜く術《すべ》を模索していた、その計画と決意が揺らぐことへの恐怖だ。

私の心にそんな波紋を広げた張本人に向かって、不安定な己の内心を吐露する気には、今はなれなかった。

「もしまだ眠れないと言うのなら、このベランダをまた乗り越えて、添い寝に行くが」

「……っ!?」

隣室のベランダに立ち、こちらを見つめるエドヴァルドの瞳の奥にわずかな本気の色を垣間見て、私は思わずブンブンと首を横に振った。

「寝ます、寝ます！」

「そうか……残念だな」

面白そうに笑わないでください、宰相閣下！

ゲーム設定の「冷徹鉄壁キャラ」はどこにいったんですか――⁉

第一章　視覚の暴力に立ち向かえ

その翌日。昨晩のやり取りなどなかったように、私たちは互いに声をかけあい、支度をしてアルノシュト伯爵夫妻を迎え撃ちに玄関へと向かった。

個性の強い貴族の奥様と聞いて、勝手にポンパドゥール夫人のような姿を想像していた私に、知識不足な面があったことは否めない。

けれど、アルノシュト伯爵夫人は、そんな私の想像の斜め上をいく奥様だった。

ポンパドゥール夫人は「侯爵夫人」だとか、国王陛下《フィルバート》にはルイ15世のような公妾《めかけ》がいないとか、そういうことでもなく——単に、視覚として。

「……ナ、レイナ。気持ちは分かるが、そこで固まらないでくれ」

階段を下りる寸前、エドヴァルドからそう囁かれて、ようやく我に返る。

「……エドヴァルド様」

「ああ」

「ドレス、ヘルマンさんにお願いしていただいて、本当に、本っ当に、よかったです」

「……そうか」

本当に、を強調する私にエドヴァルドが苦笑している。

恐らく、階下にいた伯爵夫人からもそんなエドヴァルドの苦笑する姿が見えたのだろう。

まぁ……と、声が洩れ出ているのが聞こえた。

鉄壁無表情がデフォルトの宰相閣下が自分から私の方へと顔を寄せた上に、私の答えに微笑《わら》って言葉を返すその姿は、もはやバカップルのイチャイチャだったと気付いたのは後になってからだった。さらには侍女さん達がイイ笑顔で親指立てていたのにも、気付けなかった。

要はそのくらいの衝撃が、私の頭の中を駆け巡ってました。はい。

――トカゲとロリータ。

視界が一瞬、認識を拒否した。

伯爵夫人、確か私の倍のご年齢でしたよね？

トゥーラ・オルセン侯爵令嬢の姫系ドレスも大概でしたけど、さらにピンクとリボンとレースに拍車がかかって、ヘッドドレスまで付いての、ロリータ衣装ですか⁉

夫人単体で言えば、似合っていないわけではない。

彼女は割と柔らかい印象の女性で、ヤンキー少女との友情物語の映画で「ロリータちゃん」だった女優さん的なイメージが、無きにしもあらずだ。

ただ、そんな彼女が、無表情かつ爬虫類っぽい顔つきのアルノシュト伯爵の隣に立った瞬間に、それはもう、ただただ、視覚の暴力になってしまったというだけの話。

頼んだ「マダム・カルロッテ」の衣装は、本当に大丈夫だろうかと不安になってしまう。

とはいえ、今から戦う本命は、トカゲ伯爵《アルノシュト》のほうなので、慌てて彼女から視線を引きはがして微笑みを作る。

エドヴァルドも同様に酷薄とも言える笑みを浮かべて、二人を見下ろした。

「伯爵も夫人も、息災なようで何よりだ。報告書は昨夜彼女より預かっている。話は団欒《ホワイエ》の間でさせてもらおう」

エドヴァルドに玄関ホールで雑談をするつもりは欠片もないらしい。

宰相閣下の鉄壁無表情を分けてほしいと、切実に思った。

さあ、そのまま団欒《ホワイエ》の間へ――、と身体を動かそうとした時だった。

「まぁ公爵様、お隣の美しいお嬢様を私《わたくし》にご紹介くださいませんの？」

「……っ！」

甘ったるい伯爵夫人の声がかけられる。その声を聞いた瞬間、小さく息を呑み込んで、エドヴァルドに添えていた手に力を入れてしまう。

そんな動作に気が付いたのだろう。

「下りるぞ」

私を気遣うような小さなエドヴァルドの囁きに、私はなんとか内心を立て直そうと、コクリと頷いた。

それでもざわついた心は収まっていない。

鼻にかかったような甘ったるい話し方に、嫌悪感が先立つのはもはや条件反射だ。

衣装の傾向もそうだけど、色々な意味で、きっと舞菜が二十年たったらああなる。

あざとさは無意識。呼吸と同じレベルで異性の庇護欲を刺激する姿に既視感しかなかった。

頑張れ私、と自分自身に言い聞かせる。

大丈夫。

アレは舞菜じゃない。

何よりここで怯《ひる》んでいては、公爵家の皆さんの期待に背《そむ》いてしまう。

小さく深呼吸をして、エドヴァルドと共に歩を進める。

「……伯爵から話はあったと思うが」

すると途中の踊り場まで階段を下りたところで、エドヴァルドが一度足を止めて口を開いた。

「彼女が当代〝扉の守護者《ゲートキーパー》〟の姉、レイナ・ソガワ嬢だ。国が妹の補佐にと請うた賓客であり、陛下からの命で滞在してもらったが……あまりに優秀なので、私がこの邸宅《やしき》の内向きのことも担ってもらいたいと、二階の私の隣の部屋への滞在を、切にお願いした」

そう言って口元を綻《ほころ》ばせたエドヴァルドの姿に、誰もが驚いて口を挟めずにいる。

「ああ、もちろん夫人の仰る通り、この美しさも理由の一端ではあるな」

いやあっ⁉

目の前で、しれっと歯が浮くようなことを言ってる人って誰ですか⁉

ホントに、女避け必要でした⁉

自分でなんとでも出来たんじゃ……！

内心嵐どころか暴風雨に変じたところに、バッチリとアルノシュト伯爵夫人と視線が合ってしまい、我に返った。

ダメだダメだ。ヨンナ直伝の〝深窓の令嬢のご挨拶《カーテシー》〟を、ここで披露しないでいつするって話。

一度、エドヴァルドと視線を絡ませて、許可を得た体《てい》をとってから、ドレスの両端を軽く摘《つま》む。

「初めまして、アルノシュト伯爵夫人。レイナ・ソガワと申します。妹の補佐にと請われこちらの国へと参りました。ですが国の保護下にある妹と異なり、寄る辺なく不安にしておりましたところ、エドヴァルド様が手を差し伸べてくださいまして……現在では大変に、良くしていただいております」

エドヴァルドの微《かす》かな動揺が、再び組んだ腕越しに伝わる。

なんですか。嘘は言ってないですよ？　物は言いようです。

ちらりと視線を向けると私の言わんとしたことを察したのか、一瞬の動揺すらなかったものとしたエドヴァルドが、アルノシュト伯爵夫人が何かを言いかけるよりも先に私の言葉を継いだ。

「……無理を言って来てもらったのだから、当然だ。だが今となっては陛下の命などなくとも、私はこの邸《やしき》宅で貴女を守るつもりだ。もはや義務ではない。そのことを皆に周知させるべく、貴女には二階への滞在を願っている」

そう言って前を向いたエドヴァルドは、それ以上は誰の言葉を待つこともなく、私の腕を引いて残りの階段を下り始めた。

伯爵夫人が目を丸くしているところから言っても、その場しのぎの嘘を言っているようには見えないのだろう。

「公爵様……本当に今年は、縁談はご不要ですかしら？」

階段を下りきったエドヴァルドは、そのまま歩いていたものの、そんな夫人の声に一度だけ足を止める。

「そもそも毎年必要としていないが。それでも、私がいかに彼女を大切に思っているか理解いただけたようなら、以降は他をあたってもらいたい」

そう冷ややかに言い置いてからこちらへと向けられた微笑みに、冷徹宰相との乖離が半端ないと、私は思わず息を呑んだ。

果たしてこれほどのキラキラなスチルが〝蘇芳戦記〟の中にあっただろうか。

さすがのアルノシュト伯爵夫人も、それ以上何も言えなくなってしまったようだ。

多分、この手の人は容易に引かないとは思うけど、初戦は取ったってことで……いいんだよね？

トカゲ伯爵《アルノシュト》様が、色々と諦めた表情なのはなんとも言えないけど……

それって、誰の、何を、諦めたの？　ねぇ？

団欒《ホワイエ》の間に着くと、エドヴァルドは書類片手にあくまでさりげなく、話の口火を切った。

「さて、あまり事細かに領の運営に口を出すつもりはないが……昨日レイナ嬢から話を受け取った範囲だと、特に他領の商会に銀の先買権を譲渡したのは気になるな。なぜ自領の商会にしなかった？　他領に先買権を譲るほど困窮しているのならばこちらも対処に動くが」

「……っ」

エドヴァルドが突いたのは、アルノシュト伯爵家がレイフ殿下に与して国への叛逆に加担するのではないかとの疑惑についてだ。

もちろんあからさまにそんなことは言っていない。ただの仄《ほの》めかしだ。

そんなエドヴァルドの言葉にアルノシュト伯爵は一瞬だけ表情を揺らがせ、それからすぐに彼は立ち直った。

このあたり、狼狽を隠せていなかったオルセン侯爵とは器の違いを感じる。

「申し訳ございません。妻の実家絡みでしたもので、他領という印象が薄かったのでございます。それに、近い内に坑道の掘削を少し奥まで進めたく、鉱山労働者の環境を整える必要もありましたので、配給する食糧や薬が例年より多く必要だったのです」

鉱山での労働自体、ハードな肉体労働であると同時に、坑内での石の粉や煙を遠因とした呼吸器疾患の危険性を、常に抱えている。

一人一人が長時間労働にならないようにするため、当然作業は交代制だ。さらにそれぞれに、交代待機の間の補償も必要となる。

それを食料や薬の配給で賄《まかな》っているのであれば、確かに一定の備蓄は必要だろう。

「備蓄が増えているのは、そのせいと言う訳だな」

エドヴァルドも、そこは納得したように頷いている。

その頷きに、アルノシュト伯爵は少しホッとしているように見えた。

「掘り進めた坑道が安定しましたら、次年度は先買権を譲渡するようなこともないかと存じます」

これ以上エドヴァルドに詮索をされないためには、当面先買させる銀の量を、理由なしに増やす訳にはいかない。これで「来年はそれほど資金提供が出来ない」という一言が、アルノシュト伯爵側からレイフ殿下側に、裏で流れるだろう。

叛乱には金銭も、物資も大量に必要だ。多少なりと彼らへの牽制にはなるはずだ。

——今出来るのは、ここまでじゃないかと思う。

そんな私の視線を受けて、エドヴァルドが諦めたように短く息をついた。

「いいだろう、承知した。アルノシュトからの情報は気にかけておくようにするから、問題が生じるようなら、すぐさま使者を立てろ。坑道を掘り進めるとなると、落盤事故や掘削で出る屑石の処理などでも、対処に困ることが出てくる可能性もあるからな」

「は……ご配慮誠に有難く……」

恐らくは去年まで言われなかったことを言われたであろう、アルノシュト伯爵の目が泳いでいる。爬虫類《トカゲ》顔で目がせわしなく動いているのは、ちょっと、いや、かなり不気味。

多分、と言うか間違いなく、現段階で既に、夫人の故郷でありレイフ殿下の直轄領であるブラード領の商会が手配した労働者が銀山に流入して、周辺の村で起きている事故報告等を握り潰している。残念ながらまだ、証拠はないのだけれど。

この場では、次はないと仄《ほの》めかせておくぐらいのことがせいぜいだろう。

「去年までも、気にかけているつもりではあったが、鉱山に関しては、私よりも彼女の方が余程詳しかった。私も色々と学ばされた。伯爵も、何かあれば彼女にまず意見を聞いた方がいいかもしれんと思った程だ」

……エドヴァルドの言葉であちこち動いていたアルノシュト伯爵の目が、一瞬で私の方に寄ったのは、さらに不気味。

とりあえず、困った時の扇頼みで、口元を覆いながら、ニッコリと微笑んでおく。

ホント、コレ便利だわぁ。

最初は使い慣れなくて四苦八苦したけど、だいぶ使い方が分かってきた。

「あまりハードルを上げないでくださいませ、エドヴァルド様。私《わたくし》は、目をかけていただいているお礼にと、元いた国で学んだ知識をお渡ししているだけですから」

「その謙虚さこそが、私がますます貴女を手放せなくなる理由でもあるのだがな」

「まあ」

扇の後ろで引きつった笑いを浮かべつつ、視線を下に向ける。

うん、まあ……長年、家族に対してやってきたことだから、小芝居は得意なんだけど。

なんだろう、そこに宰相閣下《エドヴァルド》が加わることで、演目がとんでもなくグレードアップしている気がする。だけど仮にエドヴァルドのアンジェス追放フラグを叩き折ったとして、今年はいいにしても、来年も再来年もエドヴァルドは同じ小芝居で見合い攻撃をぶった切るつもりなんだろうか。

とりあえず、今この場を凌げればそれでいいということか。

実際アルノシュト伯爵はそんな小芝居に踊らされてくれたようで、ハンカチを汗で拭って首を横に振っている。

「確かに……昨日少し話をさせていただいただけでも、色々と内政にお詳しくていらっしゃって、私も驚きを隠せませんでした。随分優秀でいらっしゃる」

どうやらアルノシュト伯爵は、仄《ほの》めかされている領地への疑念を全力で無視して、当たり障りのない会話をすることに決めたみたいだったけれど、そこで話を明後日の方向に思い切り捻じ曲げたのが、お隣の〝ロリータ衣装《ファッション》〟奥様だった。

「でも、それほど優秀で公爵様の執務を手伝われるようなお嬢様でしたら、社交方面で後々、お困りになられるのではございませんこと？」

こてりと首を倒して、愛らしく聞いてくる姿に思わず遠い目になる。

夫への追及をかわすために出た言葉と取れなくもないけれど、後で聞いたところによると、アルノシュト伯爵夫人カロリーヌの空気の読まなさっぷりは毎度のことで、こうして夫である伯爵の話をぶっちぎってしまうのもしょっちゅうらしい。

ふわふわと袖のレースを揺らしながら、夫人は私たちの沈黙をものともせずに言葉を続ける。

「公爵様ほどのお方であれば、もうお一方《ひとかた》社交に長《た》けた方をお傍に置かれても宜しいのでは？　こちら、皆さま名家のお嬢様方ですから、複数の妻を持つことにも、理解のある方たちばかりでしてよ？」

「善意」全開といった表情で夫人はエドヴァルドに視線を向けているし、いつの間にやら定例の報告書類以外の、まるで身上書のような書類が重ねて並べられている。

この話の聞かなさと、あくまで善意に見せかけるのが舞菜そっくりだ、と思っていると、エドヴァルドが微笑んで（いや、目は笑っていない気がする）、夫人の言葉を一刀両断した。

「必要ない。最初から政略結婚と理解して正室を迎えるなら、それぞれのメリットに応じて公妾として二人三人とさらに迎える選択肢もあったかもしれんが、己の『唯一』を見つけてしまった以上、そんな選択肢はもはや意味を為さない。少なくとも彼女に、そのように手当たり次第な不実な男と思われるのは許容出来ない」

いやいやいや！

一見イイコト言ってますけど、前半はなかなかに鬼畜ですよ、宰相閣下。

そこに愛はあるのか——なんてCMがあった気もするけど、まさにそれ。

思わず顔が痙攣《ひきつ》った私に、エドヴァルドが「ご覧の通り」と、苦笑を見せる。

「彼女が側室の存在を厭《いと》っている以上、私は彼女を尊重する。まあ、もともと許しがあったところで側室を迎えようとも思わないが」

私の表情まで使った反駁《はんばく》は見事の一言に尽きるのだけれど、さすが婚活のラスボスは一筋縄ではいかなかった。

夫人がくるりとこちらに微笑みを向ける。

「レイナ嬢？　レイナ嬢も、公爵様にはご実家の後ろ盾があって、社交界から夫を支えられるご令嬢がどなたかいらっしゃった方がお心強いですわよね？　こちらの国に来られたばかりでは、心細い面も多くおありでしょう？」

一見すると、裏表なく「エドヴァルドのため」「私のため」を会話に滲ませながらの「善意の提案」だ。

多分、本人は心の底からそう思っているのだろうし、相手の望まぬことを押し付けている自覚もない。

だけどこれは、「あなたのためなのよ」と言いながら、望まぬ進路や縁談を押し付けてくる毒親のやりようとなんら変わらない。

夫人は、言われた側の意見は求めておらず、感謝して受け入れられることが当然と思っている。

エドヴァルドが視線どころか全身で「拒否しろ」と私に訴えていることなど、夫人の視界からは都合よく消されているのだ。

部屋の空気、温度が冷え込んできていることは気のせいじゃないと思うんだけど。夫人は笑顔で無視だ。

ええ、はい、分かってますってば、宰相閣下。

その前半の鬼畜な発言部分は、ちゃんと聞かなかったことにしておきますから。

とりあえず何かフォローしろってコトですよね？

ちゃんと仕事しますよ？　——主に扇が。

「伯爵夫人、お心遣いは大変に有難いのですけれど……私《わたくし》は心が狭《せも》うございますので、この国の社交界に伝手がない心細さよりも、エドヴァルド様の目が私《わたくし》以外の方に向くほうが耐えられませんわ。何よりこの国に来る時に、エドヴァルド様は私《わたくし》のことを必ずお守りくださると、お約束いただきました。それは、他の女性と並列に扱われることではないと思っておりますの」

……とはいえ、何事にも限度、限界はあるワケで。

これ以上歯の浮くようなことは、もう私には言えません。

ですがレイナ嬢——と、なおも夫人が言い募りかけたところで、私は扇越しにニッコリと笑って、それを遮ることにした。

扇の力を借りても、ここが限界です、宰相閣下！　何とぞご理解を……！

もうエドヴァルドに丸投げしようと思ったその時、何気なく、本当に何気なく、机に広げられていた釣書の山に視線がいった。

………あれ？

浮かんだ疑問を解消するため、なんとか最後の気力を振り絞って私は扇越しに視線を夫人の方へと向けた。

「アルノシュト伯爵夫人」

「——どうかなさいまして？」

不満そうな素振《そぶ》りは見せずに微笑み返すところは、夫人も流石だと思う。

うん。

気合再び、頑張れ私。

トカゲとロリータちゃんの衝撃に、あとちょっと耐えろ。

「夫人がお持ちになられた釣書ですけれど——」

「ええ、皆さま素晴らしい方ばかりでしてよ？」

私の言葉に喰い込みぎみに夫人が答えるものだから、一瞬エドヴァルドの目が据わった。

いやいや話は最後まで聞きましょう、お二人とも？　私はここから誰を選ぶとも言ってませんよ？

それよりも、聞きたいことが出来ただけです。

私は誰の目にも分かるように、視線だけを机の上へと落とした。

「シャルリーヌ・ボードリエ伯爵令嬢……でしたかしら？　この方はいつ、ギーレン国からこちらにお越しになられたんですの？」

「…………え？」

私の一見無邪気な質問に、夫人の表情から笑顔が抜け落ちた。

見ればトカゲ伯爵様《アルノシュト》も、幽霊を見ているような表情になっている。

失礼な。

それにしても、驚くほどに反応が顕著だ。

もう一押しするべく、今度は扇の後ろで首を傾げて、釣書の一枚を指さして見せる。

「確か、ギーレン国のベクレル伯爵家所縁《ゆかり》の方ですわよね？」

「そ……れは……」

「先ほど、こちらの方々はご実家の後ろ盾があり、社交界から夫を支えられる令嬢、とのお話でしたけど――」

私がそこまで言いかけたところで、青ざめた表情のアルノシュト伯爵が、テーブルの上にあったご令嬢方の釣書を慌ててかき集めて、夫人の手の中に押し戻した。

「さ、もういいだろう、カロリーヌ」

「旦那様、ですが……」

「さすが公爵様がお選びになられたご令嬢。我々では歯も立たない——そういうことだ。申し訳ありません、公爵様。この釣書は忘れてください」

「……もとより興味もなかった物だ。残らず持ち帰ってもらって構わない」

視線はアルノシュト伯爵の方を向いてはいても、エドヴァルドを纏う空気は完全に「後で説明しろ」と、私に突き刺さっている。

ひぃっ!? しかも冷気が増してるし！

だって、さっき釣書を夫人がわざとらしく何枚か開けて、机に置いたところで気が付いたんだから、事前に説明できなくたって仕方がないと思うの！

それからすぐに這々《ほうほう》の体《てい》で公爵邸を後にするアルノシュト伯爵夫妻を見送る。

「つ……疲れた……視覚の暴力だと思う、あれ……」

気が抜けて玄関ホールに崩れ落ちかけたけれど、私の右腕を掴んだエドヴァルドがかろうじてそれを阻止してくれた。

レイナ様素晴らしゅうございました！　とか、こんなに短時間で話が済んだのは初めてです！とか、音が出ないように拍手してみせる使用人一同を横目に、エドヴァルドの表情は厳しかった。

「助かった、と言いたいところだが手放しでは喜べないのも確かだ。言いたいことは分かるな」

「あー……そうですね、ハイ」

「セルヴァン、団欒《ホワイエ》の間の書類を纏め直して書斎へ。私はレイナと先に話を始めている」

「かしこまりました、旦那様」

無言でこちらを見てくるエドヴァルドに、危険を察知した私は慌てて立ち上がった。

「ええ、大丈夫です！　歩けます！　一人で書斎まで行けます！」

「………………」

かろうじてお姫様抱っこは回避出来たものの、私の右腕を掴んでいた力は、緩まない。

今日も今日とて、私は書斎に連行されることになった。

蘇る「ソファドン」の記憶に身を強張《こわば》らせると、私の腕を放したエドヴァルドがため息をついた。

「……この格好で余計なことはしないから、普通に座っていろ」

確かに今着ている服は、お互いに、気楽な室内用の服ではない。

いいいい、あんなことをしていては、皺が寄って公の場に出られなくなる。

それもそうだと納得して、私は書斎の応接用ソファ、エドヴァルドの向かいに腰を下ろした。

「それで？　シャルリーヌ・ボードリエ伯爵令嬢、だったか。その名前で何故、アルノシュト伯爵夫妻があんなにも顔色を変えた。正直あれがなければ、まだまだ居座られるところだっただろう」

片手をソファの背もたれに置き、足を組んでじっとこちらを見てくるエドヴァルドに、私も慌てて両手を横に振る。

「いや、隠していた訳じゃないんです！　あの釣書が机の上に広げられて、名前と絵姿を見たからこそ、思い出したと言うか……」

「何を」

「そのご令嬢、ギーレン国でパトリック元第一王子に最初に婚約破棄をされたシャルリーヌ・ベクレル伯爵令嬢と同一人物のはずです」

「……っ」

私の爆弾発言に、流石のエドヴァルドも、小さく息を呑んだ。

シャルリーヌ・ベクレル伯爵令嬢。

今は、シャルリーヌ・ボードリエ伯爵令嬢か。

彼女こそ〝蘇芳戦記〟をギーレン側から始めた場合の、正当なる主人公《ヒロイン》だ。

ゲームのシナリオでは、婚約破棄をされた後にエドベリ第二王子の攻略に入るか、修道院に追いやられるか……という流れになるはずだ。

エドベリ第二王子の攻略ルートに入る場合は、婚約破棄事件のほとぼりが冷めるまで、ヒロインは国外へ出る。ボードリエ伯爵家とベクレル伯爵家とは親戚関係にあったから、そこで養女となってヒロインの家名が変わるのだ。

そしてエドベリ第二王子がアンジェスに外遊に来た際に二人は再会し、婚約破棄のショックに耐えながら、他国で健気に生きるシャルリーヌを見たエドベリ第二王子が彼女に求婚する——のがハピエンまでの流れだったはずだ。

ボードリエ伯爵家はアンジェス国ではレイフ殿下の派閥貴族だ。そのため、彼らによる叛乱騒ぎが起きることでアンジェスでも居場所を失いかけるシャルリーヌを、エドベリ第二王子がそのままにしておけなかったのだ、という理由付けもされていたはずだ。

「経緯は分かりませんよ？　婚約破棄をされてギーレン国内で居場所がなくなって、本人に瑕疵《かし》はないのに、修道院はあんまりだろうって、ボードリエ家に養女に出されたのかなぁ……とかは、勝手な想像ですよ？　ただボードリエ伯爵家も、今のところはレイフ殿下派閥のはずですから、裏がないとは思えなくて。つい口を挟んじゃいました、すみません」

本当は「しれっと誰の釣書を混ぜているんだ」と、言いたいくらいだった。

もっとも、あれだけ慌てふためいて退散したことを思えば、彼女との縁組を推し進めて、エドヴァルドをレイフ殿下の派閥に取り込みたいという意図は確かにあったんだろう。

だけど実際にそれを実行されると現在主人公――シャルリーヌが進んでいるであろう〝エドベリルート〟が破綻してしまいかねない。

一見シャルリーヌのルート選びは〝エドヴァルドルート〟と無関係のように思える。けれど、王子とヒロインがくっつかないとなれば、ヒロインを王子に紹介出来ず、エドベリ王子に売れる恩が一つ減ってしまう。

そうすると、エドヴァルドがギーレンに亡命せざるを得なくなった場合に頼る先が一つ減りかねない。私が一番避けたいのは、エドヴァルドの失脚と死だ。なのでそれを阻止するために口を挟ませてもらったのだ。

そしてアルノシュト伯爵は伯爵で、ボードストレーム商会との繋がりを知られ、レイフ殿下への資金提供の調達が封じ込められたも同然の状態になったために、縁組の利よりも、献金から叛乱の計画に辿り着かれるリスクを回避するほうを選んだに違いない。

それを知らなかった夫人だけが、話題に取り残されたのだ。

つくづくトカゲ……ごほん、アルノシュト伯爵の危機回避能力の高さに舌打ちしたい気分だ。

出来れば主人公《ヒロイン》サマには、アンジェス側のシナリオを引っ掻き回すことなく、ギーレン側でハピエン王道ルートを驀進してもらいたい。

シナリオを外れそうな、危なそうなフラグは事前に叩き折る。

これ鉄則。

とはいえ説明をしてなお、それだけじゃないだろうとばかりに、じとっとした視線でこちらを見つめてくるエドヴァルドに対して、私は所在なさげに首を縮こまらせる。

「ええっと……シャルリーヌ嬢が実際にエドヴァルド様をどう思っているのかは、分かりませんよ？　ただレイフ殿下派閥の視点から考えれば、なんとしてもエドヴァルド様にフィルバート陛下からは離れてもらいたいでしょうから――」

流石に今の段階でギーレン側の物語についてまで口にするつもりはないので、あくまでレイフ殿下側の視点で考えた場合のことだと仄《ほの》めかせておく。

「馬鹿馬鹿しい」

するとレイフ殿下の名前を前に出したのが功を奏したのだろうか。

それとも私が自分の意図を隠したことには気付かなかったのか、あるいはあえて触れなかったのか。

エドヴァルドは、私が口にした部分だけを掬い上げてそれを一刀両断した。

「まあしかし、あれほど慌てふためいて帰って行ったのなら、その話もあながち穿《うが》ちすぎとはいえないんだろうな」

「……私が、エドヴァルド様の周りが物騒になるって言った話、分かっていただけますか？」

究極の目的はアナタの亡命暗殺エンドの阻止です、だなんて今の時点で言えるはずもないけれど、とにかく真面目な声と表情でエドヴァルドを見つめれば、彼もそれ以上私を怪しむことはなかった。

「……既に兆しはある、か」

「何もかも、エドベリ第二王子の外遊と切り離せることじゃないので、公爵邸《ここ》から可能な限りの助力はします。――絶対に宰相室には行きませんけど」

邸宅にある執務室、ではなく宰相室、と言った意味はエドヴァルドに正しく伝わったようで、すぐに頷きが返ってきた。

要は王宮に行きたくないのだ。

国として、聖者から聖女への〝扉の守護者《ゲートキーパー》〟の交代が布告された以上、他国からの賓客が訪れた際には、一度は挨拶を兼ねた顔合わせをしておかなくてはならない。それは聖女の姉として招かれた私にも当てはまり、公的な式典あるいは夜会に最低でも一度は顔を出さなくてはならないだろう。

無駄飯喰らいの居候扱いから脱却するため、助力をすること自体はやぶさかではない。ただそれでも、真に必要になるまで、王宮に足を踏み入れるつもりは一切なかった。

他の何に協力してもいいけれど、それだけは譲れない。

舞菜《いもうと》はまだ、私がこの国の文字や歴史を一から学ぶのに、手いっぱいになっていると思っているだろう。

私がこのアンジェス国で平穏無事に——舞菜と関わらずに過ごすためには、妹に「誰からも愛される自分と違い、姉は毎日苦労している」と思わせておかねばならないのだ。

姉《わたし》の不幸こそが妹《マナ》の幸福。だから実際の進捗状況は、隠し通す。

「とりあえず、午後はハルヴァラ伯爵夫人とお会いして、現在の領地の状況を確認しますね。アルノシュト伯爵を引きずり下ろす話は、それはそれで進めたいと思っているので」

どこまで私の勉強が捗っているか……などと、イデオン公爵邸の外に悟られてはいけない。

口にはしなかったけど、視線で私の真意は伝わっただろう。

——すまない、とエドヴァルドの唇が微《かす》かに動いた気がした。

それはきっと、ハルヴァラ領のことについての謝罪ではなかったはずだ。

第二章　脳筋侯爵と未亡人の事情

イデオン公爵領下において、当主である公爵に対し税収、納税を中心とした、領地に関する定例報告の義務を負っているのは十二人だと、セルヴァンからは聞いた。

村長は町長に、町長は男爵あるいは子爵に、男爵あるいは子爵は、伯爵あるいは侯爵へと報告を上げ、最終的には九人の伯爵と三人の侯爵が公爵へ報告を行っているそうだ。

ちなみにイデオン公爵領は、国に五人いる公爵の中で、持つ領土の広さとしては下から二番目ということになるらしい。ただ、イデオン公爵領は王都、三つの公爵領、王家直轄領、ギーレン国に面しているため、国内で最も戦略的な要衝であると言ってもよく、毎年の報告は、おざなりにされるべきものではないのだという。

〝蘇芳戦記〟では説明文程度の話だったはずだけど、今のこの現実世界に当てはめて考えてみた時に、果たしてエドヴァルドは自らが治める地を捨ててギーレンに亡命することを潔しとするのだろうか。

そんなことをするくらいなら、黙って断頭台の露と消えることを、選択しそうな気がして仕方がない。

それにゲーム上ではアルノシュト伯爵家だけだったとはいえ、他にレイフ殿下の派閥下に取り込まれた家は本当にないのか。

エドヴァルドは私が大学あるいは卒業後に目指していたことと近いだろうからと、報告に立ち会うことを勧めてくれたけれど、私としては亡命暗殺エンド回避のために、エドヴァルドの敵に回らない領主を見極める必要があるように思えた。

とはいえアルノシュト伯爵夫妻から受けた精神的なダメージがあまりに大きくて、あと九人も来るのか……と、一瞬遠い目になってしまう。ただ、そうは言っても毎年、家計簿のような物を家令が送ってくるだけの侯爵家があったり、隣の領地に報告を預けてしまう場合があったり、家族に不幸があって延期を求めている場合があったり…………と、毎年十二人きっちりとやってくることは、まずないらしい。

つまりは今回、やってくるのはあと数人ではないかというのが、セルヴァンの見立てだった。

「既に、少し時間をいただきたいという伯爵領なんかもありますしね」

「……なるほど」

全員と会えないかもしれないというのはちょっと残念だけれど、そうそうこちらの都合に合わせて物事は進まない。そこは仕方がないと思うよりほかはなかった。

アルノシュト伯爵夫妻が挨拶もそこそこに邸宅を後にした後、エドヴァルドは最近すっかり昼食として定着したらしいサンドイッチ持参で王宮に出仕していった。

私はダイニングで一人食後の紅茶を飲みながら、セルヴァンに毎年の定例報告に関するあれやこれやを教えてもらう。

この後、午後の半ばにハルヴァアラ伯爵領から定例報告の担当者が邸宅《やしき》を訪れる予定だ。

既に「書類を持参する」と先触れのあったこの領地は、昨年領主が急な病で帰らぬ人となったそうで、今年はまだ六歳だという長男ミカ君と、長男の成人まで伯爵代理となるイリナ夫人、そして夫人の実父であるコヴァネン子爵が付き添いで来るとのことだった。

きちんとした先触れが行われたことによって、個人的に評価は高い。

そしてハルヴァアラ伯爵領はアルノシュト伯爵領と隣り合った領地だ。私としては、表立ってでなくとも構わないので、アルノシュト伯爵家を横から牽制出来るような家であってくれれば嬉しいのだけれど。

ただセルヴァンは、ハルヴァアラ領に対してなにか思うところがあるらしく、慎重に言葉を選びながらこちらを見やった。

「レイナ様、少々問題と言いますか……領内では夫人が代理となられることへの不安、もしくは不安と称した後見争いが密かに起きているとの話がございます。もしかするとこの訪問、一筋縄ではいかないかもしれません」

「えぇ……ささっと白磁の話をさせてほしいんだけどなぁ……。や、でも、そのイリナ夫人？　がダメダメな感じだと、そもそも話も持ちかけられないし……そこのところどうなのかな……？」

「亡くなられたハルヴァアラ伯爵様は、穏やかで私欲をほとんど表に出さない方でした。毎年堅実な報告をなさっていらっしゃいましたが……」

夫人までセットでやってきたアルノシュト伯爵家と違って、ハルヴァアラ伯爵夫人は王都までは来ても、エドヴァルドの屋敷にまで連れ立って押しかけてくることはなかったらしい。

「まだご長男お一人だけでしたから、娘を旦那様へ……とか、邪《よこしま》な発想を持ちようもなかったんでしょう。私《わたくし》もお会いしたことがございませんので、今年実際にどう出られるかまでは、こちらも測りかねているのが実情でございます」

いやいや長男が六歳で、その後もし娘が出来たとしても、その「邪な発想」はエドヴァルドがロリコンじゃなきゃ成り立たない。

想像しかけてすぐ、気のせいか物凄い冷気を感じて、一瞬身を振るわせた。

やめよう、うん、考えただけでも後が怖い。

ハルヴァラ伯爵家に娘がいなくてよかったと思うことにしよう。

「あー……でもそれなら、夫人本人、なんて発想が出てくる……？」

「レイナ様？」

「ううん、なんでもない。いや、誰も当人を知らないなら、事前にあれこれ思い悩んでも仕方がないよね。本人を見てから判断するね」

「宜しくお願い致します。私《わたくし》もお傍に控えておりますので、何か気になることがございましたら遠慮なくお申し付けください」

「ありがとう、よろしく。あ、この場合は私の方から声をかけてもいいのかな？」

「左様でございますね。レイナ様も夫人も、お互いに『代理』を名乗られる身。であれば、公爵家であるこちらに優先権があるということで宜しいかと。付き添いの方は、基本的にはこちらの会話に口を挟める立場ではございません。あくまで『付き添い』ですので、たとえ子爵様といえど、必要以上に遜《へりくだ》る必要もないかと存じます」

それは、その子爵がアレコレ口出しをしてきても、取り合わずとも良いと言うことデスネ。

にこやかに微笑むセルヴァンから暗に示された言葉を、私は正確に理解した。

かしこまりました、頑張ります。

そうこうしているうちに、表門の方に馬車が到着したとの知らせが入り、私は玄関ホールの方へと移動をすることにした。

「む……？」

玄関ホールに入ってきたのは四人だ。

さっきまでのロリータ衣装に比べれば心が癒されんばかりの、ブラウンのAラインに長袖の上品なドレスがまず視界に入る。

あれがイリナ・ハルヴァラ伯爵夫人なのだろう。彼女に手を引かれて歩いているのが、きっと長男のミカ君。母子ともにミルクティー色のストレートな髪に天使の輪っかがリアルに見える。

なんて羨ましい髪質。

その後ろの生え際が寂しい小柄な男性がコヴァネン子爵で……あと一人は、護衛の青年といったところだろうか。

私を見て不審げに眉を顰《ひそ》めたコヴァネン子爵をあえて無視する形で、まず夫人の方に微笑んでみせた。

「遠路ご苦労様でございました、ハルヴァラ伯爵夫人。私《わたくし》、レイナ・ソガワと申しまして、当代〝扉の守護者《ゲートキーパー》〟マナ・ソガワの姉にございます。今は、エドヴァルド様からひとかたならぬご厚情を賜りまして、この邸宅において内向きのことを任せられ、二階の一室を頂戴しております」

「――――」

すると私の言葉を聞いたイリナ・ハルヴァラ伯爵夫人の瞳が揺れるのと同時に、背後に立つコヴァネン子爵の顔が、忌々しげに歪められた。

（おや）

オルセン侯爵と違って、私の言葉の意味は通じたみたいだ。

だけど同時に、ここに来るまで何かを企んでもいたことが分かる表情《かお》だった。

主に、後ろの子爵様が。

「どうぞ団欒《ホワイエ》の間へご案内致しますわ。書類はそちらでお預かりいたします」

「……ハッ、女が何を言うか」

そして表情のままの声が、玄関ホールに響き渡った。

――どうやらこちらの方《かた》は、残念なタイプのオジサンだったようです。

はぁ。と、私は聞こえるように溜息を溢した。

「本来でしたら、付き添いにすぎない方《かた》にこのようなことを申し上げる必要もございませんのですけれど……。私《わたくし》はエドヴァルド様から、不在の間の代理を務めるよう申しつかっております。彼《か》の方《かた》が『内向き』を任せる』と仰ってくださったのは、そういう意味も含んでおりましてよ？」

せいぜい、聞こえるような溜息をついて「付き添いのオジサン」を見れば、想像通りにプライドを刺激されたらしく、顔を赤くして身体を震わせていた。

なんだかハルヴァラ伯爵夫人が、目を見開いて私を凝視してますけど……口答えをしているの、それほど意外ですか？

なら、ダメ押しで。

「私《わたくし》の国では、男女関係なく政治経済について学べる環境がございますから、定例報告の書類であれば、問題なく拝見させていただけますわ。恐らくはそういったところも、エドヴァルド様に厚遇いただいている一因ではと思っておりますけれど」

「この……っ！」

そしてコヴァネン子爵の導火線は、想像以上に短かった。

前にいた娘と孫を突き飛ばすようにして、こちらへと突進してきたのだ。

「女は黙って男の言うことを聞いておればいいのだ！　生意気に公務に口など出すでないわ！　だいたい、子爵であるこのワシに何たる口の聞き様か！　礼儀も知らんと言うなら、躾《しつ》け直してやるわ!!」

「お父様!!　おやめください……っ」

「母上!?」

ハルヴァラ伯爵夫人が突き飛ばされるのを見たミカ君が悲鳴を上げる。

それにもかかわらずコヴァネン子爵は、おかまいなしに私の方に大股に近付いて来て、右手を大きく振り上げる。

平手打ちでもするつもりだろうか。

けれどその手は予想した通りに、最後まで振り下ろされることはなかった。

「……この人、オルセン侯爵より小物《ヒドイ》かも」

「あのなぁ、お嬢さん。今度からバカを挑発するなら、ひと声かけてくれるか。心臓に悪いわ。俺じゃなく、主にお館様の」

きっとセルヴァンが取り押さえてくれるだろうと思っていたのに、子爵の右手を捻り上げていたのがファルコだったのは、ちょっと予想外だったけれど。

あの……どこから現れたの、今？

深く詮索するのも怖いから聞かないまま、ファルコに向き直る。

「ごめんなさい、ファルコ。ちょっとこの人、この後話を聞くのに邪魔だったから、セルヴァンにつまみ出してもらおうと思ってたの。だから声かけとか、考えてなかった」

「それは申し訳ございませんでした、レイナ様。私《わたくし》としたことが、気の利かないことをしてしまいました。たまにはファルコにも、仕事をさせてやったほうがいいかと思いまして」

しれっと答える私とセルヴァンに、ファルコが呆れたような視線を向ける。

「勘弁しろよ、ホント……で？　このオッサン、マジでつまみ出すのか？」

離せだの、無礼者だのと、喚《わめ》き散らしている子爵サマを邸宅内の全員が無視した状態だ。

ハルヴァラ伯爵夫人は床に座り込んだ状態で、茫然とそんな私たちを見比べている。

これ、アレだよね……コヴァネン子爵の発言と、なんの躊躇いもなくこちらに手を上げようとした辺り、彼女が家庭内ＤＶを受けて逆らう気力を失くしちゃってるとか、そういった系だよね？

うーん……と、私はこめかみを揉み解した。

「ただ、館の外に放り出してもうるさそうだしね……とりあえず夫人から書類を預かって、話が終わるまでどこかに閉じ込めておいてもらえないかな？　その後、公爵邸で暴力を振るったってことで、警察？　憲兵？　そういったところに引き渡すとかでどうかな、セルヴァン？」

「そうですね……このような方ですが一応子爵位をお持ちですから、ちょっとそういった機関の腰は重いかもしれません。……今日はいったん『南の館』にお招きして、旦那様に宰相としての判断を仰がれたほうが宜しいのではないでしょうか」

一応って。

ああでも、貴族を裁くのは、貴族ということか。

確かに私は貴族社会に馴染みがない。そういったことなら、エドヴァルドに任せたほうがいいだろう。

「――いやいや、セルヴァン！　一見真っ当なこと言ってるけど、お嬢さんが殴られそうになったって言ったらお館様が激怒するのが目に見えてるぜ？　余計に重い処分になるんじゃねぇのか？」

「でしょうね。そもそも、どうして甘くする必要がありますか？」

「おお……密かにお怒りかよ、家令サマ……」

一人納得していたせいで、ファルコとセルヴァンがそんなことを呟いていたのには気が付かなかった。

「あ……そうそう」

ついでに軽い調子で夫人とミカ君の後ろにいた護衛を指さす。

「その彼も一緒に放り出しておいてくれる？　護衛対象を蔑《さげす》むような、そんな使えない護衛、邪魔でしかないから」

「……え？」

「なっ⁉」

茫然としたままのハルヴァラ伯爵夫人を置き去りに、護衛の青年は、心外だとばかりに目を瞠《みは》っていた。

どうやら自分では気が付いていなかったようなので、仕方なく理由を説明しておく。

「アナタは公爵家《ウチ》の護衛の動きを、ただ見ていた。あれがもし、子爵を止めるためじゃなく、ハルヴァラ伯爵夫人や息子のミカ君を狙うつもりだったら、間に合ってないでしょ？」

ファルコを見ながら言い切ると、護衛の青年は言葉に詰まっている。

「それに、ただの付き添いが、仮にも公爵家当主に代わって応対をしている人間に手を上げようとしているのを止めもしない。夫人が突き飛ばされたとて、助け起こしにもいかない。そんな木偶《でく》の坊、護衛と呼ぶのもおこがましいわ。だから一緒に出ていけって話。ご理解いただけた？」

唇を噛みしめて、両の拳《こぶし》を悔しげに握りしめている青年に、ファルコは「さっすが、お嬢さん」

と、軽く口笛を吹いた。

もはやそれ以上言葉を費やす気もない。

私は青年から視線を外して、いまだ茫然と床にしゃがみこんだままこちらを見上げているハルヴァラ伯爵夫人に視線を向けた。

「大丈夫ですか、ハルヴァラ伯爵夫人？　改めて団欒《ホワイエ》の間にご案内しますので――」

「いやぁ、実に素晴らしい！　護衛の本質をキチンと理解している！　いつの間に公爵邸に、このように優秀なご令嬢がおいでになられたのか！」

私が、ハルヴァラ伯爵夫人に手を貸そうとしたところで、玄関ホール全体に響き渡る程の大声が、私の鼓膜をビリビリと震わせた。

「!?」

声大きいっ！　何っ!?

思わず顔を顰《しか》めながら声のした入口に視線を投げれば、そこにはコスプレのお約束のような軍服に身を包んだ、背の高い、鍛えまくったと思《おぼ》しき体格の男性が、腕組みをして、仁王立ちをしていた。

「そこのバカ二人はこちらで預かろう！　公爵領の治安を預かる者としては、とても捨ておけぬからな！」

えーっと……？

今度は誰ですか？

「ベルセリウス将軍！　これは『先触れ』とは言わないと、毎年毎年、何度言わせれば……！」

誰も状況を把握出来ずに立ちすくんでいる中、仁王立ちの偉丈夫の後ろから息を切らせた青年が飛び込んでくる。

「将軍……？」

突然の闖入者《ちんにゅうしゃ》に小首を傾げた私に、セルヴァンとファルコがそっと耳打ちした。

「レイナ様、あの方はベルセリウス侯爵領領主オルヴォ・ベルセリウス様と仰います。公爵領の領土防衛軍の長《トップ》に立つお方なので、皆《みな》が敬意をこめて『将軍』と」

「根っからの軍人気質と言うか……フットワーク軽すぎんだよ、侯爵サマにしちゃ」

つまり、イデオン公爵領に三人いるという侯爵の内の一人か。

そういえば、領地経営はせずギーレン国との国境近くに本陣を置いて、公爵領内の治安を担って、一軍を率いている侯爵がいたと聞いたような。

……で、確か軍備の数値報告を副長がやっている間に、自軍から引っ張ってきた若手を〝鷹の眼〟と手合わせさせて、ちゃんと鍛えているかどうかを確かめさせるんだとも聞いたような。

そんなことを思い出していると、当のベルセリウス将軍が勢いよく顔をファルコに向けた。

「よお、ファルコ！　今年も来たぞ！　新人も連れてきているから、手合わせしてやってくれ！もちろん私もな！」

「新人を見るのはいいけどな！　アンタはそろそろ、もうイイだろうがよ！」

「何を言う！　近頃、遠慮して相手をしてくれぬ者のほうが多いのだ！　ここは私が全力を出せる貴重な場だ！」

「出すな！　何度庭を破壊すりゃ気が済むんだよ！」

なんだかファルコが気安いなー……と思っていると、なんと同い年とのこと。

一応相手が「侯爵」だとファルコも時々は思い出すらしいけど、実力が互角に近いらしく、張り合っている内に結局どんどんと敬語が崩れていくんだとか。

まあ方向性の違う人間同士、友情が成り立つことってままあるしね。

確かファルコはエドヴァルドより六～七歳年上と聞いた気がするけど……じゃあ、あの将軍サマもそういうことになるのか。

無駄に迫力があって、もっと年上に見える……とは言えない。

そんな風にじっと見つめていたせいか、ベルセリウス将軍の顔が今度は勢いよくこちらへと向けられた。

「それでファルコ、そちらの素晴らしく機転の利くご令嬢は、どなただろう!?　高位の貴族令嬢の中に、これほどの逸材はいなかったと記憶しているが！」

「ちょっ……俺に紹介させんのかよ！」

「うむ！　随分とおまえも信頼を受けているようではないか！　共通の知人ということで、話をするのがよかろうよ！」

「マジか……」

がっくりとファルコが項垂れる。

うん、一般的な貴族の挨拶の仕方じゃないのはファルコでも分かるようだ。

それにしても嵐のごとく話が進んでいってしまう。

「あの……とりあえずハルヴァラ伯爵夫人とご子息に、団欒《ホワイエ》の間で休んでいただいてからのお話でも構いません……？」

恐る恐る私が片手を上げて提案すれば、その場にいた皆が我に返ったようだった。

「おお、そうであった！　伯爵夫人の方が先にいらしていたのに、大変に失礼をした！　今日は『明日の昼前に改めて軍備の年間予算の報告書を持って行く』との先触れに来ただけなのだ！　詫びと言ってはなんだが、さっきも言った通りにそこのバカ二人はいったん軍で引き取る！　お館様が処分をお決めになり次第、言ってくれれば引き渡すと伝えてくれ！」

「……ああ……はい……」

とりあえずベルセリウス将軍がひたすら大声で話を進めるため、私もほとんど頷くことしか出来ないでいる。

「ですから、これは一般的な『先触れ』の作法とは程遠いと、何度も……！」

片手で額を覆う副長？　さんが、なんだか痛々しい。

うん、まぁ、侯爵閣下が突撃してきて自分で『先触れ』とは……普通、言わない。

あれ、ちょっとどこかの仕立て屋兼デザイナー氏を彷彿《ほうふつ》とさせるような？

「伯爵夫人も心配めされるな！　コヤツらを軍で引き取る代わりに、領地にお戻りの際は我が軍からキチンとした護衛を付けるのでな！」

「あ……」

ベルセリウス将軍の大声に怯えていただろう、ハルヴァラ伯爵夫人が、わずかに目を瞠《みは》る。

そんな夫人を、将軍は一転して優しい目で見やった。

「ご夫君《ふくん》には我々も生前何かと世話になった。このくらいは、いつでもさせてもらうとも」

「……っ」

「ではご令嬢！　明日また改めて!!」

「はいっ!?」

いきなり現れた偉丈夫の将軍サマは、ファルコの手からコヴァネン子爵を引ったくるように奪い、護衛の青年の首ねっこをネコの如く摘みあげると、結局ロクな挨拶もしないまま、大股に公爵邸から立ち去って行ってしまった。

「すみません、将軍が本当にすみません！　ああ、あのっ、今、北と南の館の空き状況は、どのように……？」

ペコペコと頭を下げる副長？　さんが、やっぱりとても痛々しい。

『北の館』はオルセン侯爵一家が出立したばかりなので、まだ散らかっているかもしれないと伝えると「では我々は南の館をお借りします！　もちろん、先ほどの二人もそこで監視を付けてお預かりしますので！」と、敬礼と共に言い残して、彼も走り去っていった。

「ええっと……どのみちあの二人、南の館に軟禁しようかと言ってたから、いいのかな……」

脳筋、という言葉が頭の中をぐるぐると回っていたけど、口にはしない。

多分、適当な翻訳がないような気がする。

そして気付けばハルヴァラ伯爵夫人を床に座らせてしまったままだ。

私は、恐る恐る夫人に声をかけた。

「あの……何か、すみません……？」

「えっ⁉」

実父をあちらこちらから「バカ」呼ばわりされた上に、最後は拉致同然に引っ立てられていってしまっては、私以上に現実が呑み込めないでいるに違いない。

謝罪のつもりで声をかけたものの、夫人の反応は鈍かった。

「いえ……その……むしろ私以外の方にまで手を上げるだなんて思ってもみなくて……こちらこそ申し訳なくて……」

「！」

うわ。

私もそうだけど、その場にいた全員が夫人の言葉を聞いて、こめかみに青筋を浮かべたような気がした。

その言い方は、過去に手を上げられたことがあるということの裏返しに他ならない。

親が子供を力ずくで従わせようとしている、ちょっとした——いや、ちょっとどころじゃない「家庭内暴力」案件。

自分が虐《しいた》げられていると、夫人本人はどこまで理解しているのか。

あそこまでいくと、ＤＶに加えてモラハラも乗っかっている。

ハルヴァアラ伯爵領の特産品である白磁の話をしたいのは山々だけれど、それ以前に今の夫人をこのままにはしておけなかった。

仮に前向きな話がこの後まとまったところで、今のままだとあの子爵が高圧的な態度に出れば、夫人は逆らえずに権利や税収を全て言われるがまま渡してしまいかねない。

ＤＶもモラハラも、行きつく先は洗脳と自分の意見を持つことの放棄だ。

白磁以前に夫人の話を聞いておかないと、夫人の感情が殻の内側に閉じ篭ってしまうことはもちろん、間違いなくお家の乗っ取りを敢行される。

ハルヴァアラ伯爵領には、アルノシュト伯爵領への対抗馬として白磁を発展させて、これから力を蓄えてもらわないとならないのに、そんなことを起こさせるわけにはいかない。

というか、そんな建前を並べ立てている場合じゃない。

「とんでもない！」

だから、明らかに卑屈になりかけているハルヴァアラ伯爵夫人を私は慌てて遮った。

膝をつき、彼女と視線を合わせて微笑みを作る。

「私が貴女と二人きりでお話がしたかったのです、ハルヴァアラ伯爵夫人。ああ、いえ。息子さんは居てもらって大丈夫です。つまり、伯爵代理としての貴女とお話がしたかったということなんですけど」

「……伯爵代理……」

「旦那様が守って来られた土地を、貴女も守りたいと思っていらっしゃいますよね？　そして土台をキチンと固めて、息子さんに繋いでいきたいと」

「……っ」

ゆっくりと言葉を紡ぐと、コヴァネン子爵が居た間は怯えた色しか見せていなかった夫人の瞳に、光がともった気がした。

「あちらでお話させていただけますか」

団欒《ホワイエ》の間を視線で示す私に、夫人は無言でコクリと頷いた。

❁　❁　❁

あれは、中学の先生だっただろうか。

ある日の放課後、委員会が終わった後で気分が悪くなった私は、保健室の住人になっていた。

「レナちゃん、委員会？　あ、そう。私、お友達と約束あるから帰るねー」

最初《はな》から一緒に帰る気もないだろうに、委員会が始まる前に、私の顔色を見ることもなくそう言った舞菜は、いつのまにやらさっさと下校していた。

オトモダチとやらが取り巻きなのか彼氏なのかは知らない。

ただ、わざわざ「委員会」を強調して帰ったからには、ある程度遅くなるつもりで、帰ったら話を合わせろということなんだろう。

委員会ともなれば、多少帰りが遅かったところで、少なくとも両親はこちらには気を配らない。

深く考えたくなかった私は、眩暈《めまい》と吐き気が収まるまで寝かせてもらうことにして、無理矢理目を閉じた。

日がかなり傾いて、さすがにそろそろ帰らないとなー……と、漠然と考えながら天井を見つめていた頃、様子を見に来た先生が言ったのだ。

「十河怜菜《れいな》さん。あなたが受けているのは、立派な虐待、それもモラハラの一種ですよ」——と。

モラハラ、という単語を知らなかったわけじゃない。

なんとなく夫婦間や職場、嫁姑問題なんかでよく聞く言葉だと思っていたけれど、親子間でも存在するんだとか。

予想だにしていなかった言葉に目を瞬かせる私に、先生は続けて言った。

「自分は悪くないことを自覚しなさい。言われた言葉を受け流す術《すべ》を身につけなさい。専門家に、言えないことは全てぶつけてしまいなさい。そうして可能なら——早めに家から独立してしまいなさい」

その先生は、臨床心理士の資格を持った方だった。

そうして私に、六年越しの家庭内叛乱《クーデター》のきっかけと、途中で心が折れないための光を与えてくれたのだ。


だから分かる。

今、目の前にいる未亡人はきっと――あの頃の、私だ。

「……貴女は何も悪くないんですよ、ハルヴァラ伯爵夫人」

団欒《ホワイエ》の間で向かい合わせに腰掛けたものの、俯いたままの夫人に、私はなるべく穏やかに声をかけた。

あの頃の先生のように、私の言葉も届くといいけれど。

「娘が父親に従うのは当然とか、そんな法はありません。理に適《かな》っていないところで『だからおまえはダメなんだ』とか言われて、真に受けるのもありえません。ああいう人は自分が優位に立ちたいだけなんですから、そもそも何をしようと、一生褒めてなんてくれないんですよ？」

顔をあげた夫人が、ヒュッ……と息を呑んだみたいだった。

どうして……と、小さく唇が動いているのが分かる。

ダメだな、と確信する。やっぱり典型的なモラハラ親父じゃないか、アレ。

「せめて子供が大きくなるまでは、自分だけが我慢をすれば……なんていうのも、もっての外ですからね？　案外、子供は親のそういう姿を見ていますよ。子供は子供で、自分が親に我慢をさせている……なんて苦しんだ上に、歪んで成長しちゃって将来の伴侶に同じようなことをしでかす可能性だってあるくらいですから。息子さんのためを思うなら余計に、今すぐその悪循環は断ち切ってください」

ね？　と、私はハルヴァラ伯爵夫人の顔を覗き込んだ。

さっき、ずっとミカ君が不安そうな表情で周りの大人たちを見ているのを、ハルヴァラ伯爵領の関係者たちは、誰も気にかけていなかった。私とハルヴァラ伯爵夫人をチラチラ見比べていたから、ある程度は私の言っていることを理解しているんだろうに。

私は、扇なしの笑顔をミカ君に向けた。

このまま いったら、ミカ君は将来負の連鎖に捕まってしまうかもしれない。

そんなモラハラ男の予備軍にしちゃダメだ、絶対。

「レイナ様……どうしてそこまで……」

どうしてそこまで分かるのか、と言いたいんだろう。

あまり薄気味悪く思われても困るので、なるべく明るい口調で話しかけるよう心掛ける。

「ああ、いえ別に、心が読める魔法使いとかじゃないですよ？　単に私が、それに近いことをされて育ってきた人間なんで、よく分かるってだけですから」

すると私の言葉に一瞬、団欒《ホワイエ》の間の空気が張り詰めたような気がした。

気のせいかな？　と思いつつ、続きを聞きたそうなハルヴァラ伯爵夫人のために、とりあえずは言葉を紡ぐ。

「……私は、常に妹と比較されて、何をしても褒められなかったことがありました。四六時中、私だけが『おまえはダメだ』と言い続けられる。過干渉で進路は強要されるし、それに応えないと……殴られたり、怒鳴られたりはしませんでしたけど、厭味《いやみ》の集中砲火を浴びましたね。両親の価値観とセンスの範囲内でしか全てが許されず、挙句が『おまえのためを思って言っている』という言葉――おかげでほら、こんなに性格の拗《こじ》れた女が出来上がってしまいました」

最後はちょっとおどけて深刻さを軽くしようとしてみたけれど、どうやらあまり効果はなかった様子で……ミカ君以外の、室内の全員が目を瞠《みは》って私を凝視していた。

慌ててさらに調子を軽くして言葉を続ける。

「ね、手を上げられていないだけで、境遇はよく似ているでしょう？　息子さんが私みたいに拗《こじ》れない内に、あの子爵から離れる手段を考えたほうがいいですよ？　私に出来ることは、協力をしますから」

「レイナ様……」

申し訳ありません、とこぼしたハルヴァラ伯爵夫人の声は震えていた。

「私、お辛いことを貴女に言わせて――」

「いえいえ、気にしないでください。けして上っ面で同情とかしている訳じゃないですよ、って分かっていただきたかっただけの、いわば自己満足なので。それに私はもう、両親が望んだ進路からは外れてきちんと独立をしました。今はそこまで将来を悲観してはいませんから。そんな訳で、まずは定例報告書類、お預かりしますね」

悲観はしていないけど、不安はある……なんてことは、言わない。今のこの状態の夫人には、言わなくてもいいことだ。

夫人もようやく落ち着いてきたのか、おもむろに足元の鞄から書類の束を取り出すと、おずおずとそれを机の上に置いた。

仮にも伯爵代理の肩書を持つ人間に、そのまま書類を持たせておくとか本来はあり得ないはずなんだけど……。こういう所も、私があの馬鹿二人が、夫人を蔑《さげす》んでいると思った理由の一つだ。

夫人のその一連の動作には思わず半目になってしまったけれど、どうやら夫人の方は自分の行動の不自然さに気が付いていないようだった。

もう、今となってはどうでもいいのかもしれないけど。

少し温《ぬる》くなったお茶を入れ替えてくれるヨンナが、私に気遣わしげな視線を向けてくれている。

だけど私はあえて気が付かないフリをしておいた。

家族のことは、私の中ではもう大学進学を決めた時に決着した。

振り切ったはずの家族、しかも諸悪の根源である妹に、まさか異世界《こんなところ》にまで呼び出されてしまったことだけが想定外だったのだ。

だいたい、何故いつまでも、私に面倒を見てもらえるなどと思えるのか。

見知らぬ土地、文字、習慣。私は私のために学ぶ。

——いつか「聖女の補佐」ではなく、その軛《くびき》から離れて生きていくために。

書類に目を通しながら、短く息を吐く。

イデオン公爵邸で家庭教師をつけてもらったこともあって、既に文字はだいぶ読めるようになっている。

途中でふと気になる記述を見つけたものの、今、ここで尋ねるべき相手が夫人ではなかったので、私は周囲に気取られないよう「後でね」と小さな囁き声を落とした。……聞こえたかな？

それから手にしていた書類をパシリと指で弾くことで、発した声を誤魔化し、顔を上げる。

「まあ、概《おおむ》ね前年通りと言えば前年通りなんでしょうけど……この『後見費』は意味不明なので、次年度からは計上する必要はありませんよ。伯爵が残された資産で充分お二人と使用人はやっていけるはずですし。そのうえハルヴァラ伯爵夫人がご健在でいらっしゃる以上は、これ以上の後見なんて不要でしょう。むしろ今年の計上分も、ちゃんと返してもらいましょうね。まぁ……百歩譲って、公爵邸までの付き添いに関係する諸経費は、出して差し上げても良いかもしれませんけど」

百歩どころか千歩くらい譲ってる気もしますけどね？　と私が言えば、ハルヴァラ伯爵夫人は大きく目を見開いて、それから深々と、ため息を吐き出した。

「やはりそうですのね……チャペックの言った通りでしたわ」

「チャペック？」

「昨年、当家で代替わりをしまして、それから仕えてくれている家令です。家令となってまだ日は浅いですけれど、旦那様が身罷《みまか》った後も邸宅に残って、今も私の不在中の領を預かってくれています。その……彼も後見費などと意味不明な費用、公爵様に認められるはずがないと……」

おお、優秀。

まあそれでも家令の立場じゃ、子爵様に直接文句は言えないものね。

「前年までの伯爵様の書類を参考にされたにせよ、きちんと書き上げられていると思いますよ？　その家令と協力して領政に当たられるなら、コヴァネン子爵に頼る必要なんて微塵《みじん》もないですよ。むしろこれ、子爵が無理矢理ねじ込んだ費目でしょう？　他と比べて無意味に浮いてますしね」

私がそう言うと、ハルヴァラ伯爵夫人は、一瞬とても言い辛そうな表情になり……そしていきなり勢いよく、私に頭を下げた。

「申し訳ございません、レイナ様！」

「え？　ハルヴァアラ伯爵夫人？」

「そのっ……その点に関しては、実はもし公爵様がその費目を拒否するようなら、夫を亡くしたことへの同情心に訴えて、公爵様自身に庇護していただくよう媚《こ》びろ、と……父が……」

「…………ハイ？」

あ、ちょっと顔が痙攣《ひきつ》ったかもしれない。

団欒《ホワイエ》の間の空気も、冷えた。

ごめんミカ君。君を慄《おのの》かせるつもりはなかったんだけどね、うん。

「レイナ様、今から『南の館』に連絡をして、彼奴《きゃっ》ら、領外に捨ててこさせましょうか」

やめてセルヴァアン！　うっかり頷きそうになるから。

そんな会話をこちらでコソコソと交わしている間も、ハルヴァアラ伯爵夫人の頭は下げられたままだ。

「いえっ、もちろん私《わたくし》は元々、そのようなことは微塵も考えておりませんでした！　ただただ父に逆らえなかったというのもありますし、その……レイナ様が、如何《いか》に公爵様のご寵愛を受けていらっしゃるかというのも……よく分かりましたし……」

俯いたままのハルヴァアラ伯爵夫人の言葉が段々と尻すぼみになり、なんなら耳もちょっと赤くなっていることに気が付いた。

「！」

そう言えば、私のドレスは午前中のままだ。

アルノシュト伯爵夫妻牽制のため、赤い痕《キスマーク》を隠しもしていないドレスのままだった……！

私はゴホゴホと咳払いをして、ミカ君のためにもそこは深く追及しないよう、暗に仄《ほの》めかした。

「こ……媚び云々の話は、報告の場ではエドヴァルド様に言わないでくださいね。基本は次年度予算内『後見費』の削除と、同項目の前年度計上分の九割返上ということで、訂正してお出しください」

「え……ええ、承りました」

戸惑ってはいるものの、察してくれたらしいハルヴァラ伯爵夫人は、こくりと頷いた。

なんにせよあの子爵がここに来た時、私を見て舌打ちせんばかりの表情になった理由はよく分かった。

さしずめハルヴァラ伯爵夫人を無理矢理エドヴァルドと再婚させようと目論《もくろ》んでいたのが、私という存在のせいで言い出しにくくなった——と言ったところだろう。

ホントに領外に捨ててきてもらおうか……と思ったところでセルヴァンと視線が合い、私はハッと我に返った。

危ない危ない。

アレは今にもファルコあたりを動かしそうな表情だ。

「セ……ルヴァン、ハルヴァラ伯爵夫人に再訪いただく時間は決まった？」

私はほとんど強引に、話題を実務的な方に捻じ曲げた。

ちょっとセルヴァンが不満そうだったのは、気のせいだと思いたい。

「ええ。旦那様からは、明日午前中は王宮で外せない用事があり、午後一時で——と言われておりますが、ハルヴァラ伯爵夫人、ご都合はいかがでしょうか」

定例報告の本報告を聞くのは午前中が多いと聞いていた。

とはいえエドヴァルドが宰相職にある以上公務が優先されるのは当然だ。今年初めて公爵邸を訪れているハルヴァラ伯爵夫人の方も、とりたててそこに不満はないようだった。

「もとよりこちらには異存などございません。ただ、その……確かベルセリウス将軍様が、明日、再訪なさると仰っていらしたかと……」

コヴァネン子爵からの抑圧がなければ、ハルヴァラ伯爵夫人はしっかりと他者との応対が出来る女性らしい。

あの騒々しい将軍サマのお言葉も、ちゃんと耳に残していたのだ。

セルヴァンも、それに気付いたのか、やんわりと微笑んだ。

「あちらはお昼前と仰っておいでででしたから、大丈夫かと。将軍は恐らく、書類を出されてから公爵邸の護衛たちと王都の中心街の方に昼食をとりに出られます。ほぼ毎年のことですので今年もそうなるでしょうし、時間が被ることはないと存じます。先ほど少しお話のあった、お戻りの際の護衛の話も、その際に詰めるつもりかと」

なるほど。昼前とか、妙に中途半端な時間を宣言していったのは、終わったらファルコたち、

〝鷹の眼〟軍団と食事をするためか。

手合わせがどうのと言っていた話もきっとそこでするのだろうから、あくまで「ついで」を装いながら、きっとハルヴァアラ伯爵領までの護衛の話もするのだろう。

あの立ち居振る舞いだと、どう見ても「脳筋」だけど、そう言うところは、ちゃんと軍の長《トップ》ということなんだろうな。

「な……んだか、申し訳ないのですけれど……」

——私なんかのために。

ハルヴァアラ伯爵夫人が、そう言いかけていると察した私は「ダメですよ」と、声をかけた。

「ハルヴァアラ伯爵夫人……『私なんか』は自分の価値を下げるだけですからね。金輪際、その言葉は自分の中で禁止してください」

「レイナ様……」

声を上げた夫人に、微笑みかける。

「そうですね。禁止するばっかりじゃ大変でしょうから、一緒に『自分へのご褒美』の日なんかも、作ってみてはいかがでしょうか」

「自分へのご褒美……?」

「そうです。まぁ私が以前にやっていたことなので、参考程度に耳に留めておいてください。例えば一日『私なんか』と言わない、思わない日が達成出来たら、次の日にお菓子を食べる。一日が出来たら、次は二日。二日出来たら、今度は次の日はお肉を食べる……といった具合に、ほんのちょっとの贅沢を楽しむことでどんどんと後ろ向きになる日を遠ざけていくんです。やり過ぎると、そのうち家でも建てなきゃいけなくなるのかもしれないですけど、その辺りはご自身で見極めてください」

ふふ……と微笑《わら》う私に、ハルヴァラ伯爵夫人の肩の力も少し抜けたようだった。

「レイナ様は、今はもうそんな風に思われないんですか？」

「そうですね……ゼロになったとは言いませんけど、本当に、たまにしか思わなくなりましたね」

「そんな日は、どうされていますの？」

「近くにいる信頼の出来る誰かに……自分の中のドロドロとした思いを全部吐き出して、受け止めてもらってました」

以前は先生に。

なんならつい最近は、エドヴァルドに八つ当たりしたばかりだ。

口にはしなかったけど、一瞬の私の遠い目で、夫人も何か思うところはあったらしい。

「信頼の出来る誰か……」

「さすがにご子息はオススメしませんけど、領地の家令の方とか、お友達とかいらっしゃれば……」

「……そうですわね」

ふわりと微笑む夫人に、やはりあの子爵がいなければまともな話は十分出来そうだと、私は内心で感じ取った。

報告書自体は後見費の部分を除けば平均点ではあるものの、逆に大それたことをせず、堅実に領を運営することが出来る。——そう読み取れるのだ。

「ハルヴァラ伯爵夫人、こちらにいらっしゃる間の宿はお決まりですか？」

「え……ええ、父が中心街のブルクハウセンという宿を押さえたと言っておりましたけれど……」

滞在先を確認すれば、夫人からはそんな言葉が返ってくる。

その宿がいいのか悪いのかが分からない私が、セルヴァンを見やるとゆるゆると首を横に振られてしまった。

「あの子爵様や護衛がいたとしても、少々治安と言いますか……女性とお子様の滞在には、不向きな区画かと」

それはお世辞にも好意的な答え方ではない。

さては自分たちだけ、夜、歓楽街へ消えるつもりだったか。

明らかにミカ君の教育に悪そうな環境に顔を顰《しか》めながら、私はセルヴァンに再度視線を向けた。

「ねぇ、セルヴァン。一時的に『北の館』に何人か手伝う人間を回してもらうのって、難しい？」

私の言葉を途中から予想していたのだろう。

セルヴァンは一瞬宙を見上げて、邸内の使用人のシフトを思い返しているようだった。

度重なる来客もあることだし難しいだろうか、と思いつつ重ねて言う。

「私のところから外してもらってもいいよ？　あるいは私も『北の館』に一緒に行けば、あまり多く人員を割かずに済む？」

「それもにわかには首肯しかねるのですが……ですが、そうですね。公爵邸《ここ》の護衛の中から何人か回しましょうか」

「え？」

ハルヴァラ伯爵夫人の手前、言い方をぼかしてはいるものの、それってファルコ率いる〝鷹の眼〟のことじゃないのか。

胡乱《うろん》な目をした私にも、セルヴァンはしれっとしていた。

「彼らは任務上『野営』に慣れておりますから、護衛として付けておくのもありかと思いますよ。もともとそんな歓楽街の真横の宿を手配している時点で、至れり尽くせりのサービスを想定しておられたわけでもないと思いますし」

私とセルヴァンの視線に、面食らいながらもハルヴァラ伯爵夫人は頷いた。

「え……ええ。父は『お前たちごときが、上位貴族向けの贅を尽くした宿になど泊まる必要はない』と……」

夫人とミカ君以外の目が半目になってたのは、無理からぬことだと思う。

「それ、子爵の自分では利用が出来ないことへの僻《ひが》みじゃ……」

「レイナ様、どうか今すぐご命令を」

……セルヴァン、暗に「子爵を領外に捨ててこいと言え」って言ってるよね？

いや、そうしたいのはやまやまだけど、さすがに色々と問題じゃ⁉

その後、なんとかセルヴァンを宥めすかすことに成功し、北の館をハルヴァラ伯爵夫人とミカ君が泊まれるように整えて、二人に簡単な夕食と朝食を出せる人を付ける手配をしてもらった。

前に、本来南北の館では食事を提供しないと聞いたけど、他では口外しないと誓約してもらうことで今回限りの特例として押し通したのだ。

そこまでしておけば、エドヴァルドの日頃の方針にもさほど反しないだろう。

そしてどうせなら、男の野営料理？　を私も食べてみたい！　と、夕食は『北の館』で二人と一緒にとれるように手配もしてもらった。

……まさかそれが、公爵邸ほぼ全員の、コヴァネン子爵への殺意（！）をさらに煽ることになろうとは、この時の私は微塵も思ってはいなかった。

第三章　北の館の厨房会議

「へぇ……ファルコ、料理するんだ……」

ハルヴァァラ伯爵領の税の報告書を眺める私の目の前では、ファルコが日本では見たこともないような野菜と思《おぼ》しき物体を乱切りにして、ざあっと鍋に放り込んでいる。

ここは王都イデオン公爵邸別邸、通称『北の館』。

歓楽街の宿で主の帰りを待っていた侍女と馭者《ぎょしゃ》を〝鷹の眼〟の部下が『北の館』まで移動させて、ハルヴァァラ伯爵夫人と、息子ミカ君を公爵邸から送り届けたのだ。

とはいえ、北の館にいるハルヴァァラ伯爵領関係者が、夫人にミカ君、侍女と馭者の四人だけになったのには、ちょっとした理由があった。

コヴァネン子爵の話だと、さっき追い払った青年以外にも護衛が何人か付いて来ているとのことだったけど、公爵邸に向かう者以外は、宿を押さえた後、自由行動だとばかりに歓楽街へと行ってしまっていたのだ。

なので最初は、宿にキャンセルの連絡を入れる傍らで、夫人とミカ君は『北の館』に移ったと伝言を頼むつもりでいたのだけれど、セルヴァンとファルコの強い主張で、ベルセリウス将軍に頼んで軍の新人をそこに待機させ、戻って来た護衛は確保して全員『南の館』送り——という流れに、いつの間にかなってしまっていた。

もはや全員、護衛失格だからということらしい。

目が笑っていない二人の迫力が妙に怖くて、それを聞いた私はただただ頷くしかなかった。

――そして現在、『北の館』の厨房に、私とファルコがいる。

一応、夫人とミカ君にはざっとしたお掃除の後、部屋で休んでもらっている。

セルヴァンとファルコの恐ろしい笑顔を思い出しつつ、ファルコの手元を改めてじっと見つめると、彼は手際よく鍋の中をかき混ぜて言った。

「野営メニューだ、野営メニュー。素材切って鍋に放り込んで煮るだけじゃ、料理とも呼べねぇよ。王都の外に用事がある時、宿を取らないで野営してるうちに多少は出来るようになっただけだ」

「ベッドを整えるのも、テント張りの延長……的な？」

「まぁな。っつーか、今日はそれやったの、お嬢さんだろうがよ。あのミカって坊ちゃんを上手くあやしながら、やってたろ」

「あやす……って、赤ちゃんじゃないんだから」

自分のことは自分で――を実践していた身としては、ベッドメイクくらいは問題ない。

それにシーツの両端を持ってぱあっと広げるのを子供は喜ぶから、ミカ君の気を紛らわせるためにあえて手伝わせたのだ。

ファルコも〝鷹の眼〟の人たちも、それが分かったからかあえて何も言わなかったように見えた。

「で、あの坊ちゃんと連れ立って、馬留めまで行って、何してた」

「うーんと……馬に『お疲れさま』を言いに？」

「おい」

人差し指を口元にあてて小首を傾げてみたけど、ファルコは全然流されてくれず、冷ややかなツッコミを喰らってしまった。

ちぇっ。どうせ柄じゃありませんってば！

「ハイハイ。まぁ正確には、馬車の方かな。で、伯爵領在住の家令サマからの、隠し土産を受け取りました、と」

「……は⁉」

驚くファルコに、苦笑しつつ、書類を掲げてみせた。

「うふふ、びっくりだよねぇ。あの子もう、ちょっと拗《こじ》れ始めてたみたいで……お姉さんとしては、残念極まりないんですー」

そう言いつつ、私は手元の書類を回収するまでの経緯を思い出した。


そもそもは、ハルヴァアラ伯爵夫人が持参した定例報告書を読む途中、小さい頃に誰かが一度はやる「パラパラマンガ」の要領でメッセージが隠されてることに気が付いたのがきっかけだった。

〝後でこっそり僕を馬車まで連れていってください〟

……絵本で文字勉強しててよかったと、この時心底思った。

一見、ほとんど子供の落書きだったたからだ。

「ミカ君、夕食までちょっと時間あるし、馬車をひいてくれたお馬さんにエサやりと『お疲れさま』を言いに行こっか」

しばらくタイミングを見計らった末に、寝室の準備を整えた後で、私は改めてミカ君へとそう話しかけてみた。

ミカ君は最初、私とシーツを思い切り広げて寝室を整えるのがとても楽しかったと、目を輝かせて母親に語っていたけれど、私のその一言にどうやらピンときたらしく、バッとこちらを振り返った。

「レイナ様にそこまでしていただくわけには……」

どうやら私の発言が自分への気遣いだと思ったらしいハルヴァラ伯爵夫人は恐縮しきりだったけど、ミカ君の内緒話があろうとなかろうと、夫人の顔色が悪いことは事実だ。

私とミカ君は視線を交わし合うと、ハルヴァラ伯爵夫人に「夕食まででもお休みになられた方がいいですよ」「母上は休んでて！」と、半ば強引に横になってもらうことにしたのだ。

そうして実際にミカ君を連れて馬留めまで行くと、馬車が見えたところでミカ君は「よかった！」と、嬉しそうに声をあげて、馬車の中へと小走りに駆け込んでいった。

「僕、セルヴァンって家令さんか公爵様か、どちらかが気付いてくれるのに賭けるしかないって、チャペックから言われていて……でもお姉さ――レイナ様は公爵様の大切な人で、母上にも親切で、信用出来る人だって分かったから！」

私が馬車に追いついた頃には、ごそごそと何かをひっくり返す音と、興奮しているらしいミカ君のそんな声も聞こえてきた。

どうやらここまでのやり取りで、私は「見知らぬお姉さん」から「レイナ様」にランクアップしたらしい。

別にミカ君だったらどちらでも気にしないんだけどな……と思いながらも、小さいながらも次期伯爵としての彼がそう認めてくれたということなら、それはそれで嬉しいかもしれない。

最終的にミカ君は、馬車から下りたところで右手に握りしめていた書類を両手で持ち直して、こちらにグイッと差し出してきた。

「――だからコレ、受け取ってもらっていい？」

どうやら母に見えない所で、少年は既に伯爵領の後継者としての教育を家令から受けつつあったようだ。

先ほどまでの無邪気な表情とは打って変わって、私の反応を心配げに見つめるミカ君に、ちょっとだけ残念な気持ちになりながらも深く頷く。

するとミカ君はパッと表情を明るくした。

「チャペックとの『秘密の任務』だったんだよ！　もう、ドキドキした！」

最初こそ、その無邪気な笑顔に心和んでいたのだけれど、聞いていると、そのハルヴァラ伯爵家の家令たるチャペックとやらが「渡せなかったら二度と自分とは会えないかもしれない」だの「優しすぎる母親の代わりにいずれ泥を被れるようになれ」だの、割にろくでもないことを六歳児に言い聞かせている。

こうなると、もう後はコヴァネン子爵を反面教師として、己を戒《いまし》めながら育ってくれるよう祈るしかないじゃないか。

間違っても、素直なコドモには育つまい。

「あのっ、僕も母上と同じようにレイナ様って呼んでも⁉ もちろん僕のことはミカでいいから！むしろそう呼んでほしいな」

そしてこの、キラキラと人を見上げる天使の破壊力。

それすらもチャペックからいざと言う時に笑顔は活用出来ると教わっている気がする。

次代の跡取りとしては申し分ないと思うけど、少々将来が心配になってしまう。

「子供でいられる時間をもう少しあげたかったなぁ……」

――とりあえず今度一回、チャペックは殴ってもいいかな？


（うーん……）

殴る云々はさておき、そんなことを説明しながら私の目線は報告書を読み進めていく。

ファルコが一定のペースで鍋の中身をかきまぜる音と共に、こちらへと声をかけてきた。

「……それで、その渡された資料を書いたってのがチャペックか」

「そう。何歳で、どんな家令さんなのかは知らないけど……想像以上の人だよ、この人――って、痛っ⁉」

書類に目を通しながら、ファルコが鍋用の野菜とは別に切ったフルーツもどきな物体に何気なく手を伸ばしたら、速攻で叩《はた》かれてしまった。

「つまみ食いすんな。子供か」

「……おかん……」

「ああ⁉」

「いいえ、なんでもー……」

一見軽口を返しながらも、どんどんと眉間に皺が寄る私の姿に、気付かないファルコじゃない。

「……俺がやれることは、あるか？」

彼はその一言だけ、尋ねてくれた。

一から十までの説明なんて、求めない。ただ己の役割を、その身に刻みつけている。

なかなか出来ることじゃない。

そんなところが、職業軍人のベルセリウス侯爵と気が合うのかもしれない。

私はまだ書類から目を離さないまま、ファルコに呟いた。

「……ブルクハウセンだったっけ、宿の名前。そこは今、軍の新人さんたちがいるんだった？」

「そうだな。部屋に戻って来た人間をとりあえず捕らえて引っ張って来いって話だからな。良い訓練になるだろうって――マズかったんだな。今から交代させるか？」

荒事《あらごと》となると、ファルコはこちらの表情を、よく読む。

少しだけ考えて、私は首を横に振った。

「うーん……多分、もう遅いかな。新人さんなら、隠れるっていうよりはバレバレで威嚇しながら待ってた可能性高いし、もしそうなら、そっちには誰も戻らないだろうね。だったら……『北の館《こっち》』をもう少し固められるかな？」

「……おい、それって」

「まぁコレは、そういう可能性についての書面だと思ってくれればいいかな」

そう。

チャペックが馬車にひそませていた書類は、領地でのコヴァネン子爵の所業に関する告発文だった。

そのうえ子爵が雇った連中が帰路に馬車を襲って、伯爵夫人とミカ君を亡き者にして、故ハルヴァラ伯の権利を全て手に入れようとしているという内容が、子爵と領内の商会との癒着を示す証拠と共に入れられていたのだ。

あの公爵邸でやる気のなかった護衛と、今、宿から姿を消している護衛は、護衛どころか帰路で襲撃者に化けようとしていたらしい。

書類によると、どうやら残りは五名。

とにかく、この書類は早々に戻ってエドヴァルドに見せる必要があった。

読み終えた書類を整えて、ファルコに差し出す。

「悪いけど後でこっそり、公爵家の馬車の座席の下に入れておいてくれる？」

「座席の下……」

「ハルヴァラ家の馬車にはあったよ？　いざと言う時の、護身用の武器入れ。コレ、そこに入ってたみたいだし。公爵家の馬車にはないの？」

私は一般常識として聞いたつもりだったけど、ファルコが答えを返すまで、若干の間があった。

なんだろう、何か聞いちゃいけないことを聞いたんだろうか。

「……いや、ある」

なんとなく歯切れが悪い気はするものの、こちらで原因が分からない以上は、私は「そう、よかった」と答えるしかない。

「最優先で、これはエドヴァルド様に届けなきゃいけないからね。万一の時は宜しくね、ファルコ？」

「……それは、アンタの身よりも優先されると？」

ファルコの目が、ちょっと怖かった。

その目と纏う空気に、彼の歯切れが悪かった原因が見えた気がした。

私が自分の身の安全を後回しにしているんじゃないのか、と。きっとそう思ったんだ。

もちろんそんなつもりはない。ないんだけど、ここでそれを言っちゃいけないことは分かる。

それはミカ君とチャペックの決死の覚悟を台無しにすることになるから。

だから怖くても、私はここで怯《ひる》んじゃいけない。

「……もちろん」

ファルコが目を見開く。

「ハルヴァラ領こそがあなたとの『契約』を遂行するための根幹だからね、ファルコ？　私がただ、夫人とミカ君に自分の境遇を重ねているとでも思ってた？」

「……っ」

アルノシュト領で起きた鉱害事件。ファルコはその復讐をするために私と『契約』を交わした。それを遂行するには、アルノシュト伯爵を追い詰める必要がある。そのためにはお隣のハルヴァラ領の産業の発展が必要不可欠よ？　と、教えなおすように首を傾げると、ファルコが額に手を当ててため息をついた。

どうやら本気でただの同情だと思っていたらしい。

「もうちょっと、アナタの契約主を信用してほしいなぁ」

そう微笑んでから私は、手にしていた書類の束をファルコの胸元にグイと押し付けた。

「じゃあそういうことで、これの収納と各方面への連絡は宜しくね。その間にあと一品、オムレツでも足しておくから」

よく分からない素材だらけでも、卵と塩は分かった。

オムレツなら、ファルコが作っている異世界版ポトフ……のような食事にも合うだろう。

「アンタ、料理出来るのか⁉」

ファルコがそれまでの剣呑な空気を飛ばして目を丸くしているのは、どうかと思うんだけどね⁉

「失礼な！　公爵邸に来る直前は一人暮らしだったんだからね⁉　さすがに凝ったのは無理だけど、一応食べられるモノは作れるもの！」

「……まあ……正直なのはいいこった。得意とは言わねぇ、と」

「うるさい、一言多い」

「ハイハイ。しっかしまぁ異国出身なのは分かったけど、つくづくご令嬢らしくないご令嬢だなぁ」

「珍獣が異国で居場所を確保するのは、それなりに大変なんです。ご理解いただけたら、お仕事宜しくどうぞ、ファルコさん？」

むくれる私の頭を、面白そうに、ファルコがグシャグシャと撫で回した。

「そうやって〝鷹の眼〟の仕事を、仕事と割り切って差別しないアンタだから、俺らもお館様といることを認めてんだよ。珍獣だって、ちゃんと公爵邸で居場所は確保されてるぜ、心配すんな」

口調はぞんざいだが、一度身内の全てを亡くしたファルコは、自分の懐に招いた人間に対しては、意外と冷徹になりきれないところがある。

この時も、深く聞き返すことなく、こちらの頼みを最終的には引き受けてくれた。

ちゃんと食えるモン作れよ！　と、笑って手を振りながら出て行ったのは、余計だと思うけど。

❀　❀　❀

ファルコ作の異世界版ポトフに異世界版フルーツサラダ、あとは公爵邸から持って来たパンと、私が作ったオムレツ。

一応今夜の夕食としては、形になったんじゃないだろうか。

まぁ……「不器用ブッキーちゃん」にしては、頑張った方だと思うんだけどな。

お願いして〝鷹の眼〟の、ファルコの配下のお兄さんにひたすら卵白の泡立てを手伝ってもらったのは、多分〝鷹の眼〟の使い方としては激しく間違っているんだと思う。

いやでも、ブッキーちゃんなりに某フランスの修道院地区名物、ふわふわオムレツを作ろうとすれば、どうしたって肝は泡立て具合となってしまうし、ハンドミキサーが存在しない以上は、男手を借りる方がいいに決まってる。

コツは弱火。

卵白と黄身を再度混ぜ合わせる時に、気泡を潰すほど混ぜないことと、お皿に乗せる時のタイミング。

素人作のため、全員ふわふわ具合がバラバラのオムレツになってたけど、とりあえず一番出来のよかった分をミカ君の前に置いたら、目を輝かせて喜んでくれたから、オールオッケーです。

ハルヴァラ伯爵夫人はオムレツを作ったのが私だと聞いて目を丸くしていたけど、彼女もやっぱり、ミカ君が喜んでいることに満足したらしかった。

少し休んでもらった分、顔色も良くなったみたいだ。

ついでに料理皿がハルヴァラの白磁器であることに気が付いて、ちょっと誇らしげにしている姿になんとなくほのぼのしてしまった。

うん、ファルコの異世界版ポトフも、白磁の器によく映えてるんだよね。

そう思いつつ、食事を食べ終えたときに、ふと思い立って顔を上げた。

「ハルヴァラ伯爵夫人」

「あの……ご迷惑でなければ、どうか〝イリナ〟とお呼びください。レイナ様にはもう、どれだけ御礼を言っても足りないほど、良くしていただいていますし……」

いい機会かと思って声をかけてみれば、答える夫人が恐縮したように身体を縮こまらせるため、私は慌てて両手を振った。

「いえいえいえ！　夫人――っと、ではイリナ様。今日の一連のことは、定例報告や領の運営とは、ほぼほぼ無関係。私が勝手にご家族の話に口出しをしただけのことなので、お気になさらないでください。私は、そもそもはこのハルヴァラの白磁器のことで、もっと色々イリナ様とお話ししたかったんです」

「白磁器……ですか？」

「すみません。まだ食事中なのにこんな話をしてしまって。ちょっともう、今の時間くらいしか話すタイミングがなくて」

「いえ、とんでもない！　もう後はフルーツと紅茶だけですし……どうかお続けになってください」

今のままだと、夫人の言葉は真に受けづらい。私はじっと夫人の様子を見つめる。

裏のドロドロとしたことは、優秀な家令であるチャペックにやらせるにしても、目指す方向性は主人である夫人に分かっていてもらわないと、チャペックの方が孤立してしまいかねない。

計画のさわりぐらいならいけるかな……？

そう思いつつ、私はサーブされたティーカップに触れた。

「今、この白磁器って……白いじゃないですか」

そう言ってティーソーサーを軽く持ち上げて見せると、夫人は当惑したように「ええ……」と、頷いた。

「一緒に絵付けしてみませんか」

「絵……付け？」

「白磁って、ハルヴァラ領の生命線みたいなものでしょう？　だけど今はどうしても、銀食器が優位の世の中にある」

「え、ええ……ですから父などは、白磁の生産には見切りをつけて銀の仲介業にシフトした方がいいと、ここのところ何度もどこかの商人を連れてきていて……あ、いえ、今はチャペックが全て門前払いをしてくれてはいるんですけれど」

ピクリと私のこめかみが動いたのは、多分イリナ夫人からは見えていない。

夫人はそっとティーカップを見ながら、愛おしそうにそれを撫でている。

「けれどこの白磁は、旦那様と旦那様の御父上が、特産のないハルヴァラ領に何か——と、何年もかけて開発をされた、努力の結晶なんです。私の代でそれを手放してしまうなどと、とてもそんなことは出来なくて」

コヴァネン子爵は恐らく、白磁の稀少性を理解していないんだろう。

採掘場や商品の販売権を売って、それで得られる収入をマージンとして懐にしまいこみたいだけだ。

実際、チャペックの「秘密の書類」もそのことを示唆していた。

「それで良いですよ、イリナ様。この白磁には、まだまだ可能性があるんです。白磁製法の機密保持とか、製品の卸売を一元化したいとか、実務的な話はおいおいさせていただくにしても、まずは私と、この白磁が持つ可能性を極めてみませんか？　――と、いうお誘いですね。絵付けの話はその手始めと思っていただければ」

実際の実務の話はおいおいではなく、チャペックへの返事でしっかりと釘を刺しておくつもりでいる。

多少方法が物騒だろうと、多分この家令なら、横槍を入れさせたりはしないと思ったのだ。

「私のいた国で、白磁に精巧な絵付けを施し、芸術の域にまで昇華させて、国王の庇護を受けた実例があります。もちろん、このシンプルな白磁器はハルヴァラの原点として中心に置くとしても、旦那様の功績にイリナ様がさらに色を添える――そんな形で、ご子息に事業を繋いでいくのって、ステキじゃないですか？」

例として挙げたのは、かの有名なマイセンだ。

もちろん、ハルヴァラ領と状況がぴったり同じだとは言わない。そもそもこの事業が必ずしも国王陛下――フィルバートの目に留まるとは限らない。

ただそれでも、絵付けがあれば、今の白磁器よりは高位貴族の目には留まりやすいだろう。

そうすれば少なくとも、ハルヴァラ領の白磁が下に見られることは回避できる。

私がなるべく噛み砕いてそんなことを説明すれば、イリナ夫人は紅茶もフルーツも忘れて、大きく目を見開いていた。

「誰が絵を描くんだとか、もっとデザインを増やせないか、職人は……とか、細かい話を言い出したら、もちろんキリがないですけど。とりあえず今回の定例報告では、私と絵付けから始めてみませんか？　っていうお誘いに、イリナ様のお返事をいただくところから始めたいかな、と」

なんだろう。お付き合いを申し込むのに「オトモダチからぜひ……」と言っているような錯覚を、ちょっと覚えてしまった。

「ええ！　ええ、ぜひ……！」

イリナ夫人はと言えば、私の錯覚にはまるで気付かず、椅子から立ち上がらんばかりの勢いで前のめりになって頷いてくれたけど。

「よかったです。エドヴァルド様には、私がやりたいことの概略はお話ししていたんですけど、イリナ様のお気持ち次第だって仰っていたので、戻ったら早速報告します。あ、明日エドヴァルド様に会って『やっぱりやめます』は、出来ればナシで――」

私がちょっとおどけたように言えば、イリナ夫人は「もちろんですわ」と微笑んでくれた。とはいえそもそもあの子爵サマをなんとかしないことには、夫人が安心して何かに取り組むのは難しい。

とりあえずは好感触を手に入れたことにホッとしつつ、私は彼女に笑顔で話を続けた。

「すみません、難しいお話はこれぐらいで。あ、後片付けとかは彼らがやってくれますから、夕食を食べ終えたら今日はもうゆっくり休んでくださいね。私は明日の朝食の仕込みだけ彼らに指示をしたら、公爵邸の方に戻らせていただきますので……って、お見送りとかも結構ですよ？　もうこちらで充分ですから」

……と言うか、見送られると、ちょっと困る。

そもそも食事が完全に終わってないところで席を立つのも本来マナー違反なのだ。

私がダイニングの扉付近に立っていたファルコにチラッと視線を投げれば、彼は私が言いたいことを理解したという風に、扉の向こうに姿を消した。

同時に空になった食器を置いて席を立つと、ミカ君と視線が合った。

「おやすみなさい、レイナ様！　また明日！」

「おやすみなさい、えっと……ミカ君。また明日ね」

明らかにこちらを見る目が名前呼びを期待していたので、ちょっと考えてミカ「君」を付けて呼ぶことにした。

手を振るミカ君に、こちらもひらひらと手を振り返して、私は厨房の方へと、再び足を向けた。


「――ほらぁ、ちゃんと食べられる物を作ったでしょう？」

厨房に戻るなり私がそう言えば、ファルコが柳眉を跳ね上げた。

「アンタ、第一声がそれかよ！」

「え、一応はちゃんと宣言しておかないと」

「イザクが腕しびれたっつってたぞ」

「あぁ、そうだ！　そもそも、半分はイザクのおかげよね！　ありがとう!!」

卵白泡立ての功労者たる〝鷹の眼〟の一員、イザクにペコリと頭を下げれば「いや、俺は別に……」と、慌てたように片手を振られた。

ファルコと入れ違うように呼びつけられ、想像だにしなかった手伝いをさせられたというのに、そのことに対する憤りはまったく感じない。

なんとなく微笑ましく感じて彼を見つめていると、ファルコに軽く肩をつつかれた。

「で、この後のことを相談したかったんだろう？　アンタが帰るのか――残るのか」

声と表情が変わったファルコに、私もさすがに軽口をひっこめた。

「そう。帰ろうと思うの――ハハ、ハルヴァラ家の馬車で」

「……っ」

答えの代わりに二人は息を呑んだ。

そんな二人に、私は片手を開いて「五」と分かるように指を立てて見せた。

「残りの襲撃者は五人なんでしょう？　この邸宅内で分散させた上に、護衛対象が三人とか四人とかになるくらいなら、帰り道、護衛対象は一人……っていう方がよくない？」

既に捕らえられて「南の館」に留め置かれている護衛は、今頃帰路でハルヴァラ伯爵家の馬車を襲おうとしていたことを吐かせられているだろう。

だとすれば、あとは残りを確保するだけだ。

とはいえ、ベルセリウス侯爵がイデオン公爵領防衛軍の長《トップ》であることは周知の事実だ。そんな彼の兵を大っぴらに動かせばその動きが周囲に知れ渡るのは間違いないし、下手をすればイデオン公爵領は王宮に弓ひくつもりでもあるのか！　と、余計な憶測を招きかねない。

そんな訳で、こちらが計画に気が付いていると知られないよう、歓楽街の宿に置いた新人をそのままにして、歓楽街の中で捜索を行っていた人員だけを、「北の館」に向かわせてもらっている。

多分それ以上の人員は割けないし、割くべきじゃない。

ならば。

「ベルセリウス将軍の所から来る人たちは、そのままこの邸宅《やしき》の護衛に入ってもらって良いと思うの。そうすれば〝鷹の眼〟は私の護衛に回れるはずだし、それならたとえ一人で囮《おとり》になってハルヴァラ家の馬車に乗っていても、ここに引きこもって全方向を警戒しているより、よっぽど安心出来る」

私の言葉にファルコが、イザクが、息を呑む。

私には、剣も魔法も使えない。

申し訳ないけれど、火急の時には大人しく守られているしかない。

だとすれば――自分も彼らも一番自信があって、安心出来るやり方を選ぶだけだ。

「私はあなたたちの矜持を信じる。だから馬車を――私を守って、残りの五人を捕まえて」

ややあって、ファルコが「……ハッ」と呟きながら、髪をかき上げた。

「お嬢さんには、敵わねぇなぁ……」

「俺に否やはない、ファルコ。多分、残りの連中も同じことを言うはずだ。ここまで言われて、この邸宅から動くななどと、誰が言える。後でお館様に叱責を受けるとしても、俺は甘んじてそれを受けるぞ」

きっぱりと言い切るイザクに、ファルコも「……だよな」と、苦笑した。

ファルコが危惧していることは……うん、私にも分かる。

「あー……うん、エドヴァルド様、私がチラッと、囮《おとり》を考えてるって言った時、物凄く怖い表情《かお》になってたから、怒られるだろうな、とは思うんだけど……うん、ちゃんと皆のことは庇《かば》うから！」

「いやいや、全然安心できねぇよ！　実際問題、馬車への襲撃云々より、そっちが怖いわ！」

「やっぱり⁉　いや、でもほら、状況考えたらそれが一番危険が少ないと思うの！　だから協力して！　ね？」

私とファルコが掛け合い漫才のようになっているのを見ながら、イザクが笑っている。

どうやら彼が〝鷹の眼〟のナンバー2みたいな位置にいるっぽい。

ホントに、卵白なんか混ぜさせてゴメンナサイ。

そんなことを思いつつ、私は苦い顔のファルコをちらっと見上げた。

「そんなわけで、さっき公爵家の馬車に置いてもらった書類はハルヴァラ家の馬車の方に移してもらえるかな？　ハルヴァラ家の馭者の人には、公爵家の馬車の調子が悪いとかなんとか、伝えておいてくれる？」

「……しょうがねぇなぁ……」

呆れと諦めをないまぜにした溜息に、慌てて彼へのメリットを追加する。

「あのね、ファルコ。ハルヴァラの白磁を発展させて、アルノシュト領の銀細工の対抗馬にすることが、この計画の行きつく先なの。人もお金も、アルノシュトからハルヴァラに流れ込ませて、アルノシュト伯爵を孤立させる。短期間でどうこうはならないけど、ちゃんと確実に進めていくつもりだから、そういう意味でも――協力して？」

私が、人差し指を口元にあてながらじっとファルコを見れば、まったく想像もしていなかったのだろう。

彼は大きく目を見開いて、こちらを凝視していた。

そんなファルコにニッコリと微笑《わら》いかけながら、人差し指を今度はこめかみにあてた。

「私、腕っぷしはゼロだけど、その代わりこっちならちょっと使えるから。ちゃんとアナタとの契約は履行するよ？　だから警護、ヨロシクね」

「……っ」

沈黙は一瞬。

ファルコは一度深々と息を吐き出すと、片手で自分の頭をガシガシとかいた。

「ホンッと、俺の想像の斜め上を行くお嬢さんだよ……分かったよ！　難しい話は確かに俺の守備範囲外だ。アンタが口先だけじゃないところを証明し続けてくれる限りは、俺はアンタに従うよ。それで、すぐ出られるのか？」

「この『北の館』に残すベルセリウス将軍側の人達の到着を見届けてからね。別に私と顔を合わせる必要はないから。それが済めば、出られるよ？」

「分かった。じゃあ、呼びに来るまでここにいろ」

ファルコは苦い表情を残したまま、今度は私の頭をぐしゃぐしゃと撫で回すと厨房を出ていった。

彼の背を見送ってから、そういえばと残されたイザクを振り向く。

「……イザクとかは、ホントにいいの？　私とファルコが個人的な契約をしているって、みんな薄々知ってるんだよね？」

すると短髪で、ちょっとキツネ目なナンバー2の青年――イザクは、私の言葉に微《かす》かに笑った。

「例えば、実際に給金を払うお館様を裏切る話とかなら、さすがに思うところも出てくるが、お館様のために手を黙って汚すのであれば、何故、異を唱えなくてはならない？　俺たち自体が、互いに詳細を知らされないまま任に就くこともままあるしな」

その言葉に目を瞬かせる。

情緒型のファルコとは対照的に、こちらは冷静な参謀型の性格をしているらしい。

タイプの違う人間がナンバー2にいるのは、組織として健全だとも言える。

「そっか、そういう裏の話は私もよく分からないからなぁ……うん、ファルコがこのことで孤立しているとかじゃなければ、それでいいんだけど」

「お館様が認め、ファルコが認めた。俺らにはそれで充分だ。必要に応じて動かせばいい」

「卵白混ぜるのでも？」

「それは……まあ……ちょっと斬新だったな、確かに。腕力を鍛えるためだったと思うことにしておく。出来れば次はファルコにやらせてほしいが」

「あはは、ごめんね」

実はこのイザクという青年、公爵家どころか〝鷹の眼〟の中でも、口数が極端に少ない男として通っていたらしい。

私が厨房で談笑した挙句、卵料理を手伝わせていたと、後で知った周囲が驚愕していたらしいなど、この時の私は知る由もなかった。

❀　❀　❀

高位貴族の長距離移動に際しては、護衛は六人というのが基本らしい。

だからたとえチャペックからの資料がなかったとしても、『南の館』に捕らえられている一人を除いて、あと五人がどこかに潜んでいると考えられるというのが、ハルヴァラ家の侍女や馭者を歓楽街の宿から引き揚げさせるにあたってファルコが言っていたことだった。

当初は護衛が一人しか公爵邸に付いてきていないのはどうなんだと思ってはいたけど、帰路に襲撃をするつもりだったのなら対応もおざなりになるだろう。

帰路以前に襲われたら襲われたで、構わないと思っていたに違いない。

ただ、ベルセリウス将軍が連れて来る人数に関しては、その基本は当てはまらないらしい。

毎年、稽古をさせる新人を加えているため、必ずしも六人とは限らないのだとか。

「今年は新人三人と、正規の護衛が副長含めて四人っつってたな。さすがに『南の館』を侯爵だけにする訳にもいかないから、正規の護衛を二手に分けたらしい。だから『北の館』には二人が入ることになるな」

馬車に乗り込む直前、ファルコにそんなことを言われてふと視線を投げれば、遠くで軍服の青年二人が黙礼していた。

「襲撃の位置によっては『北の館』から駆けつけてくれるらしい」

「……うん。多分『北の館』には五人は来ないと思うし、それで良いんじゃないかな」

「お館様の知らないところで、将軍筆頭にお嬢さんへの評判が爆上がりしてるぞ。俺が言うのもなんだが、アイツら考えるより先に身体が動く連中だから、邸宅《やしき》の奥に引っ込まずに、自分であれこれ考えて動くお嬢さんには、好感しか持てないんだろうよ」

同い年にしたって、ファルコはベルセリウス将軍にかなり容赦がないと思う。

何度か一緒に修羅場をくぐったことがあるから、とだけ聞いたけど、なんだかそれ以上は公爵家の闇を見せられそうな気もするので、もう、それでいいことにしようと思う。うん。

思わぬ高評価の報告に苦笑しつつ、私はファルコに視線を向けた。

「別に無鉄砲な訳でも、怖くない訳でもないよ？　目の前の事態にただ、一番危険が少ない回避方法をとろうとしているだけだから。だいたい〝鷹の眼《みんな》〟がいなかったら、そもそもこの方法はとってないから」

言葉の代わりに、馬車に乗り込む私の後ろからファルコの手が伸びて、ポンッと背中を叩かれた。

任せろ、と言われた気がした。

とりあえず座席の下に書類があるのを確認してから、私は一緒に入っていた短剣を一本取り出して、お守り代わりに握りしめる。そもそも、切った張ったの世界とは無縁のいち女子大生だったんだから、表向きはともかく、実は内心はビクビクものだ。

ただ自分の振る舞いが、私を庇護しているエドヴァルドの評判に関わることが分かっているから、かろうじて醜態を晒《さら》さずに済んでいる。

我ながら、大した意地っ張りだと思う。

「――お嬢さん、もう一回言っとくが、この小窓も含めて馬車の窓から外を見ようとするな。俺かイザクがいいと言うまで、絶対に自分から扉は開けるな。途中で馬車が止まっても、怒号が聞こえても、動かず、声も出すな。いいか、これだけは守れよ？」

馭者席にはファルコが座ったらしく、連絡用の小窓からは、念を押すようにそんな声が聞こえた。

何を心配してくれているかを察して、緊張していた身体が少しだけ緩んだ。

「うん、分かってる。信頼してるって言ってる私自身が、足を引っ張るなんて出来ないもの。余計なことはしない」

そう言った私にファルコが頷いたので、小窓を閉めて座席に腰を下ろす。するとそれを合図とするかのように馬車は動き出した。

襲撃の場所も、ほぼ予想はついている。

馬車の進路の多くは、住宅や店がある言わば衆人環視のただ中だ。

進路上で、馬車の動きを塞げて襲撃に適した所となれば、『北の館』を囲む壁から離れて、街中へ入るための川を渡る橋の手前にあるY字路。領外へと通じる山への路と、橋へと向かう路の直前ぐらいしかない。

だんだんとその場所に近づくにつれ、馬車の速度が緩やかになり始めたのが私にも分かった。

思わず短剣を握りしめたまま、両膝を持ち上げて体育座りの姿勢になってしまう。

なるべくそんな姿が外からは見えないよう、背中を乗降扉に近い角の部分に預けた。

そして馬車が止まる。

「……絶対に動くなよ、お嬢さんっ!!」

ファルコの怒鳴り声と共に、けたたましい声が周囲で上がった。

ええ、動きません。

言われなくとも梃子《テコ》でも動きません。

話せば分かるとか、争うのはやめてとか、どうしてこんなことをするんですか!? なんて叫んで斬り合いの最中に割って入るとか、そんな脳内お花畑ヒロインみたいなコトは、頼まれたって、やりません!

怒号やら、砂利道を蹴り上げているような音やらが複数響いている中、私はもう、ただひたすらに馬車の中で丸まって小さくなっていた。

生かすべきか、全員斬り捨ててしまっていいのかとか、その辺りのことも、私からは事前に言わないようにしておいた。

余計なことを言って、警護に支障が出られても困る。

それに多分、彼らだってプロだ。

その辺りの判断は、私よりも余程正確に出来るはずだ。

もし問題が出たとすれば、後で私がエドヴァルドに頭を下げればいいだけの話だ。

彼らはただ、自分の仕事をしただけだ――と。


そうして、長いのか短いのかが、よく分からない時間を経て、馬車の扉が軽くノックされた。

「……イザクだ。終わったぞ」

私がおずおずと身体を動かすと、扉の窓ガラスに、確かにイザクの姿が見えた。

すぐには言葉を返さず、中からじっと見ていると、予想通りに危機管理意識の高そうなナンバー2の青年は、私の言いたいことが分かったのか、目を細めて、私に空《から》の両手を示してみせた。

「大丈夫だ。俺は誰にも脅されてない。張り切りすぎたファルコが盛大に返り血を浴びて、あんたが近付いたら卒倒するだろうってコトで、俺が声をかけた。まぁ、多少の返り血は許してくれ。これでもファルコよりは遥かにマシだ」

……両手が血塗《まみ》れなのが「遥かにマシ」って……

それに、返り血って言ってるけど……

私が黙ったままでいると、イザクがさらに続ける。

「馬車の外側を結構汚してしまっている。このまま戻ったら公爵邸がパニックになるだろうってコトで、こっちの馬車に襲撃者の連中を詰め込んで、まとめて『南の館』に放り込むって話になった。生きてようと死んでようと、どこぞの子爵にはいい脅しになるだろうからな。じきに『北の館』に残しておいた軍の二人が、公爵家の馬車を持ってくる。それが来たら、そっちに乗り換えてもらえると有難い」

また小窓から視線が飛ぶ。

それにもうまく返事が出来ずにいると、私がイザクの両手をずっと見ていることに気付いたんだろう。イザクは少し慌てたように両手を横に振った。

「大丈夫だ。こっちは誰も死んじゃいない。連中、子爵家のお抱えじゃなく、金で雇われたんだろう。ド素人と言う訳でもなかったから、手加減がしづらかっただけだ」

誰も死んでいない、という言葉に、とりあえず安堵のため息を吐き出す。

ようやく表情を動かすと、イザクは改めて私に視線を向けた。

「馬車が到着したら、もう一回声をかけるから、それまでに荷物はまとめておいてくれ」

短剣はしまって、書類を持てということだ。

私は無言のまま、コクコクと頷いた。

相手の五人が生きているのか死んでいるのか——そんなことは怖くてとても聞けません。ええ。

なんだかんだ、自分は平和な世界の住人だったんだなと思い知らされる。

血塗《まみ》れとか、辺り一帯に立ち込める血の臭いとか、元・日本在住の女子大生には、普通、縁のあることじゃない。

荷物をまとめ、馬車の扉が開くのを待つ。

「ファルコ……ちょっと吐きそう……」

馬車から下りると、より強くなった血の臭いが鼻腔を刺激した。

血の気が引いている自分を自覚しながらなんとかそれだけを呟けば、ファルコだけでなく〝鷹の眼〟の何人もが、分かりやすく動揺していた。

「悪《わり》いっ、そりゃそうだよな！　いくらお嬢さんでも、そうそうこんな血腥《ちなまぐさ》い現場には行き当たらねぇもんな！　分かった、俺が『南の館』に行くから、馭者席のイザクの横に座って、風に当たりながら公爵邸に行けばいい！　な？　そうしろ！」

イザクは川の水で手元さえ洗えば、ファルコほど血の臭いはしないだろうし、多分、馬車の中にいたら、それはそれで酔うだろうという話に大人しくその話を受け入れることにした。

「そうする……ごめん、ちゃんと御礼を言うのは、また今度で……」

「あぁ！　いい、いい、気にすんな！　俺らは仕事しただけだ！　とにかく、帰って横になれ！　公爵邸への連絡は任せろ。これ以上は、お館様の心配の種を増やすだけだ！」

ファルコは、必要以上に私に近付かずに、そう言って川の向こうを指さした。

後始末は任せておけと言われて、私はそれも、大人しく首肯した。


「あー……イザク、公爵邸からこっちの馬車が見えるくらいの所まで来たら、一度停まってくれる？　馬車の中に戻るから……」

馬車が走り出してすぐの辺りで、私がイザクにそう声をかければ、私の意図が掴めなかったらしく、イザクの眉が少し寄った。

「それは……構わないが」

「今はホントに吐きそうだからここに座ってるけど、私自身、どこも怪我をしていない、大丈夫ってアピールをエドヴァルド様にするには、ちゃんと馬車の中にいて、問題なく帰って来た風を装っておかないと……」

私の言葉に、手綱片手に一瞬だけ考える仕種をイザクは見せたものの、どうやら反論の言葉は思い浮かばなかったらしかった。

「まあ……そうしたいのなら、すればいい。なんとなく、怪我はともかくあんたが何をやろうとしたかはすぐにバレるような気はするが」

「え」

いやいや、怖いコト言わないで⁉　と思ったけど、とりあえず今は気持ち悪いやら、血の気が引いてるやらで、それ以上上手く考えが纏まらない。

ガタゴトとした揺れが身体を襲う度に、こみ上げてくる吐き気に耐えるので必死だ。

「レンガ道の馬車って、優しくないね……」

「どうしようもなくなったら、ちゃんと声を出せ。すぐに停まるから」

そうイザクは言ってくれたけど、私はなんとか最後まで、胃の中のモノを全部吐き出すといった醜態は晒《さら》さずに済んだ。

しばらくして、もうすぐ馬車が公爵家に着くとなったタイミングで、イザクに言ったように馭者席の隣から移動をする。それからさも、なんでもないと言った風を装うために、ちょっと深呼吸をした。

馬車が停まったら、頑張って歩かなきゃ――と思って顔を上げたら、今度はいきなり馬車の扉が開く。

「レイナっ!!」

「えっ……」

貴族らしいエスコートもかなぐり捨てて、馬車に乗り込んできたのは――エドヴァルドだった。

ファルコが、一人先に公爵邸に走らせて、襲撃の話を伝えておくと言っていたから、公爵邸自体がパニックに陥るようなことはなかったはずだけど、そもそも全員がヤキモキしながら帰りを待ってくれていたらしかった。

「怪我はないと聞いたが、本当に大丈夫なのか⁉」

エドヴァルドの右手が私の頬に触れて、左手は、肩やら腕やらを確かめるように何度も叩いている。

「だ……だっ、大丈夫です！」と、私は舌を噛みそうになりながら、叫び返した。

近い、近い！　襲撃より全然、心臓に悪い！

そのまま、エスコートどころかお姫様抱っこで邸宅に入っていこうとするエドヴァルドに、私は慌てて彼の袖を引いた。

「お……下ろしてください、エドヴァルド様！　あの……っ、私ちょっと血の臭いと馬車の移動で酔ってたんで、この体勢で運ばれると、冗談抜きに吐きます……っ!!」

イザクの「だから言わんこっちゃない」という視線が痛い。

さすがのエドヴァルドも、ピタリと動きを止めて、私を見下ろした。

えーっと……照れているとかじゃなく、ホントに色気のない話でごめんなさい。

「……あと、あのハルヴァラ領に留まっている家令から、次期伯爵のミカ君が託されていた書類を預かってきていて……座席の下に入ってます。それも取り出してから……歩いて中に入らせてほしいです……」

「……っ」

半分涙目の私に、明らかにエドヴァルドは怯《ひる》んだ。

怯《ひる》んだ後で――そっと私を地面へと下ろした。

「セルヴァン、馬車酔いの酔い止めは調合出来るか」

「もちろんでございます、旦那様。すぐに準備致します」

玄関で同じくやきもきと待っていてくれたセルヴァンが、即座に身を翻して邸宅内に消えていく。

お気遣いなく、とも言えない。さらに言えば、血の気が引いて貧血寸前の状況に陥っていたんだけど、これ以上は騒ぎがあまりに大きくなりそうで、言えなかった。

……セルヴァンが用意してくれた薬は、後で寝る前に飲むからと、なんとか誤魔化しておこう。

貧血との飲み合わせが悪かったりしたら大変だ。

とはいえ、さすがにすぐ二階へ上がるのが辛いと思っていたところは見透かされて、私は書類を持ったまま、団欒《ホワイエ》の間の奥の応接室に、腰を下ろすことになった。

それからしばらく沈黙が続いた。だんだん鼻腔に張り付いていた血の臭いが遠くなり、セルヴァンが用意してくれた紅茶が身体を温めてくれる。

ほっと息をついたところで、どうやら私が落ち着くのを待ってくれていたらしいエドヴァルドが、こちらに視線を向けた。

「ハルヴァラ伯爵夫人の付き添いを名乗る子爵の話は、セルヴァンから、ある程度聞いている。……殴られかけたそうだな」

最後「殴られかけた」のあたりから、部屋全体の体感温度が一気に下がったような気がして、思わず私は姿勢をピンと正してしまった。

わあっ！　もはやエドヴァルドの中ではコヴァネン子爵、イリナ夫人の親扱いもされてない……！

というか、こちらの状況把握が早すぎて怖い。

「えーっと……それはファルコとベルセリウス侯爵様との間でなんとかしてもらったので……夫人も『北の館』で、もう落ち着かれてますし……」

「ファルコではないが、愚か者を挑発するのにひと声かけろとまでは言わないが、合図くらいは出したほうがいい。皆が皆、貴女の言葉を正しく受け取るとは限らないのだからな」

「……気を付けます……」

これ以上怒られる前にと、ミカ君が伝えてくれたチャペックからの書類を素早くエドヴァルドに差し出すことにする。自衛大事。

「あのっ、これが、ハルヴァラ領の家令が証拠集めをした、コヴァネン子爵の不正を告発する書類です！　先ほどの襲撃理由も、ここにあるんです……っ」

まだ何か注意をしようとしていたらしいエドヴァルドは、一瞬だけ眉根を寄せていたけど、不正の告発だの、襲撃理由だのと言われては無視出来なかったのだろう。

黙って書類を受け取ると、速読術でも身に付けているのかと言わんばかりの勢いで、書類に目を通し始めた。

「……ミカ・ハルヴァラを『馬車まで連れて行った』理由が、これか」

「えっ、あっ、はい！　そうです」

ミカ君が報告書類に仕込んでいたメッセージに、やはりエドヴァルドも気が付いていたのだ。

だから私がわざわざ『北の館』に向かったんだと、そこまでは納得していたらしい。

「家令にしておくには惜しいくらいの男がハルヴァラ領にいると思ってはいたが――まさか、カミル・チャペックとはな。道理でこんな、ミカ・ハルヴァラを使っての綱渡りが出来た訳だ」

誰が書類を書いたのか、というところにまで辿り着いた時に、エドヴァルドが半ば感心したような声を上げた。

他人を褒めるのが稀《まれ》なエドヴァルドの仕種としては珍しい。

とはいえ、チャペック作の書類を見れば、さもありなんとは思うのだけれど。

「……やっぱり只者じゃなかったんですね、この家令」

私が水を向ければ、エドヴァルドは「そうだな……」と、頷いた。

「恐らく、夫人や息子は知らないと思うが、チャペックは確か祖母姓のはずだ。この男が持つべき本来の家名は〝スヴェンテ〟――それも、スヴェンテ公爵家の直系長子だ」

……はい？

エドヴァルドの言葉の衝撃に、気分の悪さも貧血も、一瞬、どこか遠くに旅立っていった。

スヴェンテ公爵家はアンジェス国に五つある公爵家の内の一つで、イデオン公爵領と隣り合っている。とりたてて反目をしている訳でもなく、領下の侯爵家からオルセン侯爵家が婿養子をもらう程度の交流はあると、私も家庭教師から聞いた。

「あまり大きな声で言えることではないが――」

「あっ、いえっ、何か王宮の政治関連の話として、ここでの話に問題があるようなら、仰ってくださらなくても――」

むしろ聞かない方がいいのでは？　と思ったところを見透かされたのか、あるいはエドヴァルドもここまできて、口を閉ざすつもりはなかったのか。

私の制止をそのままに、エドヴァルドは話を続けた。

「いや。ハルヴァラ領の白磁の発展に力を入れたいというなら、この家令が背負う背景を無視することは難しいだろう。周囲の領に隙を見せる訳にはいかないのだからな」

「隙……」

「元はと言えば、先々代のハルヴァラ伯爵と、同じく先々代のスヴェンテ公爵が、王都の学園の同窓生で親しかったところに端を発している」

婿養子をもらう話があるのは貴族として当然だ。

でも、ハルヴァラ伯爵家に嫁《とつ》ぐわけではなく、家令——すなわち、対等ではない立場に彼が置かれたのは？　きなくささしかないが、ここまで来て遮るわけにもいかずに黙り込むと、エドヴァルドは眉を上げた。

「カミルの実父、先代スヴェンテ公爵は第二王子の派閥筆頭貴族だった」

「第二王子派……？」

当代国王フィルバート・アンジェスは、第三王子だ。

第一、第二王子は〝蘇芳戦記〟上は、さくっと原因不明の薨去《こうきょ》での退場扱いになっており、フィルバートはタナボタ的即位の如く扱われていたはずだけれど——

うわぁ……何か段々、聞きたくない話になってきたかもしれない。

エドヴァルドは、思い切りこめかみを痙攣《ひきつ》らせる私をよそに話し続ける。

「先王の死後、自らが王になるべく最初に動いたのが第二王子だ。だが彼は第一王子派閥からの逆襲を喰らった。その第一王子は今度は第三王子を追い落とそうとして失敗、それに伴い第一、第二両王子を推していた貴族は大勢、王子と連座して裁かれることになった」

王宮怖い。いったいどこが「第三王子、タナボタの即位」なのか。

もう、ゲーム上の「原因不明」という記載が嘘だったことをぶっちゃけているようなものだった。

「その時点で第二王子派閥だったスヴェンテ公爵家も、現国王の即位と共に、当主と直系長男が連座する形で死刑となった」

ただ、公爵家を取り潰すのはあまりに国政への影響が強いため、家自体は取り潰しにならなかったそうだ。

とはいえ現当主は次男でもない。それではスヴェンテ公爵家の勢力を削いだことにはならず、罰でもなんでもないとの話し合いが当時あったということらしい。

なるほどと私は頷きかけたものの、肝心の問題にそこで気が付いた。

「あれ？　でも、長男が連座したって……なら……」

さっき、カミル・チャペックの本来の名はカミル・スヴェンテ。

スヴェンテ家の直系長子と言わなかったか。

姓を変えているにせよ、一連の流れから言えば生きていてはおかしい人物ではないのか。

私の疑問に、エドヴァルドはわずかに目を細めて続けた。

「……賜死《しし》を受けた長男――カミル・スヴェンテは、慣例に則って王都の外の森に打ち捨てられた」

私の表情の推移を見ながら、エドヴァルドはそう言ってわずかに嘆息した。

「ただそこに、定例報告帰りだった生前のハルヴァラ伯爵が偶然通りがかったらしい。その時点で息があったため、そのまま領へと連れ帰ったと聞いた。毒の量に誤りがあったのか、わざと誰かが手心を加えたのかは、今となっては誰にも分からない。容態が落ち着いたところで初めて、私は伯爵から内密の相談を受けた」

「――――」

ただでさえ血の気が引いていたところに、追い打ちをかけられて呼吸が止まった。

確かになぜそこまでエドヴァルドが知っているのだろう、と思ったけれど、まさかチャペックの生存にエドヴァルド自体が噛んでいたなんて。

たとえ本人に咎《とが》がなくとも、いったん国王から死刑宣告を受けた人間を助けるのは、下手をすれば国家反逆罪に問われるような話じゃないのか。

私は無言だったけど、表情には出たんだろう。

エドヴァルドは「まあ、普通ならそうなるな」と、頷いた。

「ただ……当時からハルヴァラ伯爵は、白磁の利権を巡って何度か命の危機に晒《さら》されていたし、私はオルセン侯爵と娘のトゥーラを既に持て余していた。だから先々代スヴェンテ公爵がカミルをもし惜しんでいるのであれば取引は可能だろう、と裏から接触を図ったんだ」

ハルヴァラ伯爵とイリナ夫人との間には十五歳近い年齢差があったため、伯爵は自分が狙われていることも含めて、万一のことがあった際に夫人を支えてくれるような気概と能力のある人材を欲していた。

エドヴァルドは、なるべく早くオルセン侯爵に退《しりぞ》いてもらい、息子ヨアキムへと引き継がせたかった。トゥーラ・オルセン侯爵令嬢に関しても、他国あるいは他領に嫁《とつ》がせてしまいたかった。

そして話を聞いた先々代スヴェンテ公爵も、特にカミルを可愛がっていたために、悩みつつも最後は、たとえスヴェンテの名を二度と名乗れなくとも生き延びてほしいと願ったのだと言う。

――そんな三者三様の思惑が絡み合った末に「カミル・チャペック」が生まれたのだ。

つまりエドヴァルドがカミルの生存に口を噤《つぐ》んだことで、ハルヴァラ伯爵家はカミルを救ったことで裁かれる危険が減り、エドヴァルドにとってはオルセン侯爵が引退する道筋が敷かれたことになり、トゥーラ・オルセン侯爵令嬢は先々代スヴェンテ公爵の口利きでエドヴァルド以外に輿入れをすることが保証されたことになる。

裏取引の見本のような展開だ。

……何回でも言おう。王宮怖い。政治の駆け引きって怖い。

カミル・チャペックがカミル・スヴェンテであった頃、曲がりなりにも次期スヴェンテ公爵としての教育を受けていたというのであれば、それは政治の素地も教養もあるはずだし、ハルヴァラ領を巡る権謀術数にだって、対応が出来るだろう。

「でも、じゃあ病死じゃなかったということですよね……ハルヴァラ伯爵……」

もともと命の危機が何度かあったらしいうえに、綱渡りをしてまで王都に届けられた書類の存在。

思わず眉を顰《ひそ》めた私に、エドヴァルドもそこで否定をしなかった。

「夫人には知らされていないと思うが、原因は遅効性の毒だろうと、当時から言われてはいた。ただし証拠がなかった」

「だからこの書類……」

コヴァネン子爵が領内の商会と取引をしていた費目の中には、薬の材料と思しき植物の名が複数記されている。

私は薬には明るくないけど、きっとそういったモノを生み出す原材料となる植物のはずだ。

実際は私が乗っていたとはいえ、イリナ夫人やミカ君が乗る馬車を襲わせようとした上に、領主の死にまで関与しているとなれば、子爵自身の厳罰はどうしたって免れ得ない。

だけど下手にコトを大きくして、子爵の罪状と処分を詳《つまび》らかにすれば、子爵の実子であるイリナ夫人の立場が極めて不安定になる。

つまりただ断罪する訳にもいかず、落としどころを探らなくてはならない。

家令《チャペック》の書類は、存外難しいことを突きつけていた。

「ホント、一回説教どころかぶん殴りたい……」

「うん？」

「いえいえ、なんでも！　おっしゃりたいことは分かりました。この話は、この部屋を出たら忘れますし、今後この家令サマには、それなりの対応を取らせてもらいますので！」

私の物騒な内心がダダ漏れている言葉に、エドヴァルドもちょっと引いているようだったけど、そこはもう、目を瞑《つむ》ってもらおう。

あんなに可愛いミカ君の、素直な子供時代を没収した罪は重いんですよ、ええ。

「カミル・チャペックの事情だって、もちろん分からなくはないんですよ？　ただそれでも私の経験から言うと、ミカ君はもう、子供のままではいられなくなってます。私としては、ずっとは無理でも、あとほんのちょっとだけでも、ミカ君を子供らしく過ごさせてあげたかったんですよ……」

「……レイナ」

「……独り言です、忘れてください」

苦笑する私に、エドヴァルドもそれ以上何も言えなかったのだろう。

子供らしい子供時代を強制的に終了させられたのは、きっとエドヴァルドも同じだろうから。

「……ここを出て忘れるのはお互い様、か」

「そういうことでお願いします」

「分かった。ではこの書類は、このまま預かろう。貴女はもう、今日は休んだほうがいい。馬車に酔ったせいもあるのだろうが酷い顔色だ。この間の、目の下の隈の比じゃない」

「エドヴァルド様……」

「ベルセリウスの対処の仕方は、明日の朝食の際に説明する。いや、本人の資質に問題があるとかではなく、新兵と〝鷹の眼〟の手合わせや合同訓練の話が出て来るから、毎年の概要を伝えておいたほうがいいと思ったんだ」

「ああ……確か毎年庭が破壊されると、ファルコが」

「……まあ、それも含めての話だ」

見るからに、庭の造形美に拘《こだわ》りなんてなさそうだもんなぁ、宰相閣下……。

毎年苦笑いしつつも、さして怒る気にならないんだろう。

「分かりました。じゃあ、すみません。今日はもうここで休ませていただきますね」

「ああ、そうしてくれ。……二階へは上がれるか？」

「あ……っ、上がれます、もちろん！」

ここで弱音を吐いたら、せっかく大したことない感じを装って帰ってきたのが、台無しになってしまう。

やせ我慢を悟られまいと多少無理をしつつ立ち上がると、一瞬ふらつきかけた。それをグッとこらえながらエドヴァルドに視線を送る。

運ばれるのは吐きそうでイヤ――というのを、視線で前面に押し出したのだ。そしてすぐにそれは伝わったようで、さすがにエドヴァルドも今日は「お姫様抱っこ」の強要をしなかった。

「……分かった。後でセルヴァンかヨンナが薬を持っていくだろう。それを飲んだら休むといい」

「あ……有難うございます」

多分ちゃんと、微笑《わら》って「礼」はとれたはずだ。

だけど私の強がりは、二階の寝室に入るまでが限界だったらしい。

実際にはあの、血に塗《まみ》れた現場に立ち尽くしていた時から、血の気が引いて、立っているのもやっとだったのだ。

(あはは……血を見て倒れるとか……なんだか私、お姫様にでもなった気分……?)

頭から倒れないよう、壁に背中を預けて、ズルズルと座り込んだのは覚えている。

せめてベッドまで行かないと、酔い止めを持って来るヨンナかセルヴァンに叱られる――

そう分かっていても、指一本動かせない。

「――ナッ!」

誰かが自分の名前を呼んでいるとは思ったけれど、もう、それを確かめるのは無理だった。

【閑話】エドヴァルドの選択

ハルヴァラ伯爵領から今年の税収に関する報告が来たと、セルヴァンから報告を受けた。

同時に『北の館』に、ハルヴァラ伯爵夫人と息子のミカが滞在することになったという報告が為《な》されたことに関しては、今の時期にはよくあることと気にも留めていなかったのだが、そこで食事を用意した上に、レイナが同席をする——と締めくくられた点については、さすがに眉を顰《ひそ》めた。

私の表情を読み取ったセルヴァンが身体を縮める。

「事後報告へのお咎《とが》めについては、私、ファルコ、レイナ様で受けるとの話で決着してしまいまして……」

その声の調子であらかたのことは予想が付いた。

大方《おおかた》レイナが一人で被ると言ったのを、なんとかセルヴァンとファルコが宥めたといったところだろう。

「現状、公爵邸に特定の領主を泊まらせたり、夕食を共にしたりといったことは、しないほうが良いのだろうとレイナ様も理解していらっしゃいました。……それで『北の館』で、と……」

「何故そんなにハルヴァラ伯爵夫人とミカに肩入れをしているんだ、レイナは」

ハルヴァラの白磁の話があるにせよ、オルセン侯爵領やバーレント伯爵領のことを考えれば、そこまで厚遇する理由が分からない。

私が首を傾げれば、そこで初めてセルヴァンが言い淀《よど》むという、かなり珍しい表情を目にすることになった。それからさらに言いにくそうに、ハルヴァラ伯爵夫人母子の付き添いとして同行していた、夫人の実父であるコヴァネン子爵の存在と、訪問時に何があったのかを順序立てて説明しはじめる。

「………ほう」

聞き終わったときには、私の表情はすっかり抜け落ちていただろう。

レイナに手をあげようとしたなど、もはや言語道断だ。

「どうやら夫人は伯爵がお亡くなりになられた後、実父子爵《コヴァネン》から随分と虐《しいた》げられていたようだと――レイナ様が仰いまして。聞けば滞在予定のお宿も、歓楽街のただ中。子爵や子爵寄りの護衛たちとは引き離すべき、とのお話には私も頷かざるを得ませんでした」

そう続けられて、状況は理解した。

レイナへの振る舞いだけでも許し難いところだったが、伯爵夫人と息子を私に押し付けて、ハルヴァラ領の利権を独り占めするつもりでいたなどと、もはや愚かとしか言いようがない。

「なるほどな。そういう話であれば是非もない、か」

それでどうするつもりかと聞けば、たまたま訪問の被ったベルセリウスにコヴァネンと護衛を監視させ、夫人には食事を『北の館』で用意することは特例であり、口外不可と誓約をさせることまでレイナから既に指示があったと、セルヴァンが述べる。

……相変わらず全て先回りをしての行動だ。私ですら時折彼女への反論に窮することがある。

「分かった。それでいい」

それ以外他に言いようもなく、承認を示すように私は頷いたが、何故かセルヴァンはすぐに部屋から立ち去らなかった。物言いたげなセルヴァンに、「どうした」と声を掛ける。

「旦那様。本来、私《わたくし》の立場でこのようなことはお聞きすべきではないのかもしれませんが――」

「おまえがそういう風に言いだすのも珍しいな。……レイナのことか」

イデオン公爵家の有能な家令が、侍女長ヨンナと共にまるで親子のごとくレイナを気にかけているのは邸宅内周知の事実だ。

案の定「左様でございます」と、セルヴァンは私の問いかけを肯定した。

「その……旦那様が、レイナ様を我が国へと招待なさった当初、もしやレイナ様ご自身もご両親から随分と虐《しいた》げられていらっしゃったのではないか、と……」

そもそも、レイナが家族とあまり上手くいっていなかったであろうことは、公爵邸に滞在する中で、セルヴァンも会話の端々から窺い知ったのだろう。

だがセルヴァンが、レイナがハルヴァラ伯爵夫人に対して語った内容を聞かされて、私は胸を切り裂かれたような痛みと共に、片手で額を覆わざるを得なかった。

――アンジェスの王宮は、本当になんと罪深いことを、彼女に対してしてしまったのか。

そして公私混同をしないセルヴァンが、わざわざこのことを私に伝えた意味を理解する。

私は溜息をついて、セルヴァンを見つめた。

「彼女は六年かけて、国で一番だと誰もが認める学園に入学したと聞いている。そこを卒業した人間は、宰相室で即戦力として働けるほどの人材と成り得るような教育機関だったそうだ。それが、誰にも後ろ指を指されることなく、家族という名の鎖を振り解く唯一の手段だったんだろう。どこまでどのように虐《しいた》げられていたかは本人しか知り得ぬことではあるが……」

そこまで決意させるだけの『何か』はあったに違いない、と言わずともセルヴァンには通じたことだろう。

セルヴァンは沈痛な面持ちで下を向いた。

「六年……」

「彼女が何度か口にしている『六年越しの叛乱計画《クーデター》』とは、そういうことだ」

「ではレイナ様は、妹君のためというよりはむしろ、ご両親から逃れるために旦那様の要請に頷かれたと……」

「私はそれには頷けん、セルヴァン。彼女を招くことは、陛下と私が——国の方針として、決めたことなのだからな」

当人の意思を無視して異なる世界から召喚をした、という事実は、たとえ公爵邸の中であれ口に出せようはずもない。

口を濁すと、セルヴァンが再び深々と頭を下げた。

「申し訳ございません。出過ぎたことを……」

「……いや」

私の苦い表情を、セルヴァンは宰相としての苦悩だと、幸いにも汲み取ってくれたようだが。

本当は時折突き付けられるレイナへの所業とその罪の重さに、苦々しい気持ちになっているだけだ。

「レイナは他者、とりわけ身内からの意見に抑圧されてきた。だからこそレイナが口にすることは、全て己で考え、導き出したものだ。誰かからいらぬことを吹き込まれて洗脳されたり、他者の意見をさも自分の意見であるかのように語ったりすることは絶対にない。私が彼女を反国王派の間者だなどと疑うことは、この先も決してないと覚えておいてくれ」

「……旦那様……」

「私の下から彼女を引き剥がそうとする勢力が、沸いて出ないという保証はないからな。予め申し伝えておく」

彼女自身が、まだ心のどこかで公爵邸《ここ》から引き剥がされたがっている――とは、さすがに口にしない。

と言うか――私がそれを認めるつもりがない。

「承知致しました、旦那様。その……レイナ様は、ハルヴァラ伯爵夫人の心配ばかりをされていらっしゃいましたが、私やヨンナなどからしますと、レイナ様ご自身も、もう、報われてもいい頃なのではないかと思いましたものですから……」

「セルヴァン……」

「保護者を自任している、私どもの戯言《ざれごと》でございます。どうぞこの場だけのこととしてくださいませ。ではこちら、ハルヴァラ伯爵夫人が持参された書類をお渡ししておきます」

セルヴァンの言葉を受け入れる形で、私もそれ以上は話を広げずに、書類を受け取った。

ざっと目を通しながら「後見費」などという、見慣れない費用に片眉を跳ね上げる。

「……レイナは『後見費』について何か言っていたか」

聞けばセルヴァンは、当然と言わんばかりに頷いた。

「そうですね。次年度計上分は削除、今年度分は九割返上で明日報告し直したほうがいい、と」

「九割？」

「百歩以上譲って、ハルヴァラ領から公爵邸までを行き来する費用としての一割——と」

その言葉に最初こそ驚かされたものの、私は思わず「くくっ……」と、肩を揺らしてしまった。

同時に本来であればねじ伏せておかなくてはならない願望が、再び頭をもたげてくる。

(欲しい)

国ではなく、私の傍《かたわ》らに。

「そうだな。それが満点の回答だな」

口に出しては、それだけを呟いてはいるが。

「……ん？」

書類をめくりながら、途中でふと違和感を覚えて、一度手を止めた。

「旦那様？」

「ああ……いや、これは……」

最初は紙の汚れか子供の落書きか、と気に留めてはいなかったが、それが一定数のページで続けば、違和感も増す。

眺めていると、文字の連なりは意味を持って立ち上がった。次期ハルヴァラ伯爵となるであろう後継者からのメッセージだ。

「そうか……だから、自ら『北の館』へ行った、か」

夕食の後には戻って来ると聞いていたが、こうなると、言いようのない不安が押し寄せてくる。

「セルヴァン、レイナが『北の館』から戻る際の護衛を増やすことは出来るか」

問いかければ、セルヴァンがかなり複雑そうな表情を浮かべたのが見えた。

……嫌な予感がする。

「セルヴァン」

「……今、この公爵邸には〝鷹の眼〟が最低限の人数しかおりません」

言いにくそうに、それでも言わずにやり過ごすことは出来ない。

そんな苦悩がこもった声に私は眉を顰《ひそ》めたが、セルヴァンの話は続いた。

「元々『北の館』で世話をする使用人の数が足りませんでしたので、一時しのぎで〝鷹の眼〟を使うことを提案したのは私ですが……何故か出発する頃には、随行する人数が増えていて……」

そうして私はまったく無意識の内に、拳《こぶし》をテーブルに叩きつけてしまっていた。

「旦那様⁉」

「あれほど、釘を刺しておいたというのに……っ！」

ハルヴァラのことではなかったにせよ、全てにおいて「囮《おとり》」と言う選択肢だけは、レイナに取らせないつもりだったのに。

――事態は既に、私の手を離れていたのだ。

そしてその直後、ハルヴァラ伯爵夫人たちとの夕食を終えて『北の館』から戻る途中の馬車が襲撃を受けたとの知らせが公爵邸に届けられ、邸内が一瞬凍り付いた。

ただ、レイナは無傷だと続けられた言葉に、いったんは安堵の空気が流れる。

先行して報告に来たという〝鷹の眼〟の一人が直立した状態で報告を続けた。

「襲撃を仕掛けたのは、コヴァネン子爵の手の者と推察されます。どうやら素人ではなく、雇われた者たちのようで……我々としてもあまり手加減が出来ず、生かして捕まえることが出来ませんでした。とりあえずファルコの指示でまとめて『南の館』に放り込むことになりましたが――恐れ入ります、この後の処遇を指示いただきたく」

「……レイナは無傷で、間違いはないんだな」

低い声で問いかける私に〝鷹の眼〟の一人が弾かれたように顔を上げたが、私の表情から何かを察したのか、すぐに再び頭を下げた。

「はっ。それを確認した上で、先行して戻って参りました。今はイザクが付き添う形で、馬車をこちらに向かわせております」

「ファルコは」

「そのまま『南の館』で、ベルセリウス将軍に状況と経緯を説明する、と」

イザクは〝鷹の眼〟のナンバー2だ。

ファルコがレイナを託すのも、ベルセリウスへの状況説明を自ら引き受けると言うのも、聞けばそう、おかしなことではない。

私は一瞬考えてから、その男に告げた。

「悪いが『南の館』へも行って、ファルコにこちらに戻るよう伝えろ。捕らえた連中の見張りは、ベルセリウスの配下だけで足りんようなら、状況を見て何人か残せとも。いいか、今からは、私の指示があるまで残りの捕らえた奴らは誰も殺すな。生かしておくつもりは毛頭ないが、己が何をしたのか、私がその身に刻ませてやる。少なくともそれまで手は出すなと伝えておけ」

物理的に痛めつけるよりも残酷なやり方は、いくらでもある。

無言であっても私が相当怒りを溜め込んでいることは、セルヴァン達にも分かったのだろう。

即座に動き出した〝鷹の眼〟たちも、セルヴァンですらも、馬車が公爵邸に戻って来るまで、何も言わなかった。

「旦那様、馬車が――」

セルヴァンの声を、私は最後まで聞いていなかった。

扉を開け、エスコートも忘れて中に飛び込めば、確かに無傷には違いないが、完全に血の気を失っているレイナがいた。

襲撃現場で嗅いだ血の臭いに馬車の揺れが加わって気分が悪いと言って、レイナは私が抱き上げようとしたのを謝絶する。

一階の応接室のソファに半ば倒れ込むように腰を下ろしているくらいなので、早く休ませてやるべきとは思ったのだが、とるものもとりあえずといった体《てい》でレイナが差し出してきた書類には、私も声を出さざるを得なかった。

――スヴェンテ公爵家の幻の後継者。

カミル・スヴェンテが、カミル・チャペックを名乗ってハルヴァラ伯爵家に保護されていることは、私と故ハルヴァラ伯爵、先々代スヴェンテ公爵との間の暗黙の了解だった。

しかしどうやらカミルは、スヴェンテ家後継者として得た知識を活かして、ハルヴァラ伯爵亡き後、伯爵家内の実務を家令として取り仕切っていたらしい。

その彼が、コヴァネン子爵の不正と、ハルヴァラ伯爵夫人及び息子ミカの暗殺が企てられていたこと、子爵がハルヴァラ伯爵の毒殺に関与していることまでをも仄《ほの》めかしてきたのだ。

「一回ぶん殴りたい……」

書類を渡してきたレイナがそう呟く。

子爵をただ裁く訳にはいかなくなったことも勿論だが、どうやらレイナはそれ以外にもこのカミル・チャペックに、思うところがあるらしかった。

ミカ・ハルヴァラを少しの間だけでも、子供らしく過ごさせてあげたかった。

そう切なげに呟く彼女の気持ちが私にも理解出来てしまった。私も、ミカの年頃では子供らしく過ごせなかった。

だから、レイナはミカに構うのか。

そう思えば、一度くらいレイナがカミルに説教をするのは、見て見ぬふりをしておくべきなのかもしれない。

「――じゃあ、すみません。今日はもうここで休ませていただきますね」

会話を終え、部屋まで運ぼうかと視線を送ると無言の抵抗にあった。

その姿が強がりだと分かってはいたが、揺れるから抱きかかえるのはやめてほしい、という彼女の言葉にはある程度の理があった。彼女が応接室を出るのを見送って、とりあえず酔い止めの調合が済み次第二階の寝室に届けるよう、セルヴァンに伝える。

その間に、私は再度カミル・チャペックが書き上げて、ミカ・ハルヴァラに託した書類に視線を落とした。

この書類があれば、子爵が指示を出して馬車に襲撃を仕掛けた事実は、もはや誤魔化しさえもきかないだろう。

ただ、それが王都で起きたとなればやや都合が悪い。

襲撃のあった場所で斬り合いとなっていたのなら、辺り一帯が血塗《まみ》れになっている可能性が高い。夜が明ければ、もう隠しようがないはずだ。

明日の朝、それもなるべく早いうちに事件があったとこちらから届け出なければ、痛くもない腹を探られる可能性がある。それに襲撃を受けた馬車にレイナが乗っていた――などと知られれば、『聖女の姉』の安全確保のために彼女を王宮に戻せと声高に叫ばれかねないのだ。

そんなことは絶対にさせられない。私自身が、許容出来ない。

この話をどう手打ちにしたものかと思案している中で、ファルコが『南の館』から戻って来たとの知らせが届いた。

イザクも含め二人を一階の応接室に呼ぶと、ややあって気まずげな様子を見せながら二人が応接室に姿を現した。

「……囮《おとり》の話は、レイナが言いだしたことか」

なるべく淡々と尋ねたつもりだったが、二人が一斉に視線を逸らす。

言い逃れは許さないとばかりにじっと見ていると、やがて観念したのかポツリとファルコが呟いた。

「……その方法が一番危険ではないとの話に〝鷹の眼〟の皆で納得して、手を貸しました。決して無謀ではなく、俺達を全面的に信じると言われたら、拒めるはずもありません」

その言葉にイザクも頷いていた。

やはりレイナから言いだしたことだったか、と額に手を当てる。

そう思いつつ、レイナはもう休ませたと私が言えば、ファルコもイザクも、少し苦い表情を垣間見せた。

「お嬢さんが、帰り道気分を悪くしていたのは……もっと早くに、血の臭いが漂う現場から遠ざけるべきだったと、その点は、叱責を受けても仕方がないと思ってます」

「どこにも怪我は負っていない。自分は大丈夫だとお館様に信用してもらうには、多少気分が悪くても耐えるんだと、そう言ってました。どうか、お嬢さんを責めないでください。お嬢さんはただ、お館様のためにと、動いていただけです」

普段は無口なイザクさえも、レイナを庇《かば》う姿に、私どころかファルコまでが、イザクを凝視していた。

イザクはそもそもレイナと初対面だったはずなのに、よくもまあ。

まったく、私でさえも口を差し挟めない程の信頼関係をいつの間に築き上げていたのか。

――しかしこれならば、逃げきれるかもしれない。

二人の様子に、私は考えていた案をやはり実行に移そうと決意した。

彼ら〝鷹の眼〟がこんな様子ならば、恐らくはベルセリウス達も、レイナのためならば口を噤《つぐ》む方を選ぶだろう。

それだけの結束力がある。

「いいだろう。ならば全員、レイナのために口は噤《つぐ》めるな」

「お館様？」

「いいか。レイナは今夜襲撃されなかった」

「なっ⁉」

何を言い出すんだとばかりに、二人だけではなくセルヴァンも目を瞠《みは》っている。

私は三人を見つめて、言葉を続けた。

「コヴァネン子爵とその手下が、ハルヴァラ伯爵夫人と息子のミカを亡き者にせんと『北の館』に襲撃をかけたが、たまたま『北の館』へ二人を送り届けた〝鷹の眼〟とベルセリウス配下の者達が居合わせ、襲撃者達を撃退した。彼らはコヴァネン子爵の顔を知らずに斬り捨ててしまい、後で事態を知ったベルセリウスが、私の所に慌てて連絡をしてきた」

子爵が不正を働いた上に、ハルヴァラ伯爵夫人達を亡き者にせんとしていた証拠とて、存在している。

多少時系列がおかしかろうと、それよりも大きな真実が存在していれば、反論はかき消される。

王宮とは、そういうところだ。

「そういう筋書きで押し通す。レイナを危険に晒《さら》すことなく子爵を公《おおやけ》に断罪出来る上、『被害者』の伯爵夫人と息子は奴と父娘《おやこ》としての責を問われることもない。私やベルセリウス辺りは、王都を騒がせたと、謹慎なり減俸なりは受けねばならんだろうが、その程度であれば、何も揺るがんからな」

「お館様……」

「旦那様……」

「前言は撤回する。――『南の館』の子爵と護衛は殺せ。ファルコはベルセリウスに、イザクは〝鷹の眼〟内部に、セルヴァンは公爵邸の使用人達に、齟齬《そご》のないよう今の筋書きを叩き込め。王宮は私がなんとかする」

成すべきことと、筋書きを伝えれば、その場にいる全員が、私の決意を汲み取ったかのように頭を下げ、動き出す。私も同様に王宮へ報せを飛ばそうとしたその時――異変は起きた。

「旦那様っ！　レイナ様が……っ」

一瞬、目の前が真っ暗になった。

レイナが室内で意識を失っている、と悲鳴のようにヨンナが伝えてきた。部屋に向かえば、顔色の悪いレイナが壁にもたれかかるように意識を失っていた。

即座に医者を呼んだが、彼からの言葉はまったく芳《かんば》しくないものだった。

「公爵様。大変申し上げにくいのですが……このままですとご令嬢は、二度と目を醒《さ》まされない可能性がございます」

目の前の医者が言った言葉を、すぐには理解が出来なかった。

「……何を言っている」

彼女は、血に塗《まみ》れた襲撃の場に居合せたショックで気を失ったのではないのか。

無傷の彼女が何故、二度と目を醒《さ》まさない可能性があるなどと言われなくてはならないのか。

私の問いかけに一瞬怯《ひる》んだ様子を見せたが、医者は触診をしていた手を引き、私に改めて向き直った。

「何か、精神への大きな負荷がかかった——この場合はその、凄惨な場所に居合わせられたことかもしれません。その結果、今、ご令嬢の意識は、容易には目を醒《さ》まされない、奥深くへと落ちてしまわれているのです。公爵様、貴方様のお母上と、まったく同じように」

「……な……に……？」

目の前の医者は、公爵家のお抱えとなってから長い。

私の本当の父親が誰であるかまでは知らないにせよ、母親が心を壊した末に亡くなったことは知っている。

幼いころに見た、信じたくもない母の姿が一瞬目の前に蘇って、唇を噛みしめる。

——馬鹿な。

私は彼女を身勝手な理由で召喚したばかりか、その心まで、壊してしまったと——？

「なんでもいいので、お声をかけ続けてください。譫言《うわごと》であったとしてもご令嬢が何か言ったら、応えてさしあげてください。お母上の場合は、周囲に顧みられずに、気が付いた時には、もう手遅れでございました。ですがご令嬢は——今ならまだ、間に合うかもしれません」

そう言って医者は出ていった。

寝台《ベッド》の傍で、私は眠るレイナの左手を両手で包み込むように握りしめた。

「旦那様……」

「何かあれば呼ぶ。すまないが二人にしてくれないか……」

部屋の外でお待ちしております、と、ヨンナがファルコ達にも目配せをして、部屋を後にする。

その気配が消えて、私はこらえきれずに彼女の名を呼んだ。

「レイナ……っ」

宰相として、王宮で数多《あまた》の論戦を退けてきた私が、まるで子供の如く、彼女の名前を呼び続けることしか出来ない。

まだだ。

まだ私は、貴女のために何一つ出来ていない――!!

「……寒……い……」

どのくらい、彼女の手を握り続けていたのか。

「レイナっ!!」

確かに聞こえた――寒い、と。

さらに微《かす》かに動く唇に、一言一句聞き漏らすまいと、耳を寄せ――彼女の口から溢れ落ちる懺悔の言葉に、目を瞠《みは》る。

罪悪感。

以前も彼女はその言葉を口にした。彼女はずっと気にしていた。私が彼女の六年間をふいにしてしまったことへの罪悪感で、この邸宅に自分を留め置いているのではないかと。

いつも強気に話す癖に、時折不安そうな表情になる姿に何度声を上げそうになったことか。

「一人でそこに堕ちる必要はない!!」

罪悪感と言う名の海に溺れる必要など、どこにも。

私は本当に、きっかけがそれであっても構わないのだ。そもそも私こそが聖女の存在を理由に彼女を縛り付けている。けれどももう私は覚悟を決めてしまった。

彼女が私のいる場所に堕ちて来てくれるのなら。

私に全てを独占させてくれるのなら――もう、それで。

たとえ、彼女の罪悪感が苛《さいな》まれた結果、私の隣を選んでいるのだとしても、それでいい。

地獄なら、共に堕ちればいい。

一人ではどこにも行かせない――私の傍から離れるようなことはさせない。

「罪悪感で私を縛りたければ、そうすればいい！　貴女がそうしたいのなら、私は――それをただ、受け入れるだけだ！」

強く手を握れば、レイナの表情が一瞬歪んだ。

「う、そ」

「嘘など言うつもりはない！　その代わりに、貴女も私に堕ちてもらう！　貴女を独占したい、私のそんな愚かな願いを聞き入れてもらう！　そうすれば、互いに対等でいられるはずだろう……！」

『貴方は舞菜《いもうと》じゃなく、私を選んでくれますか？』

過去に彼女はそう言って泣いていた。

無意識の下から聞こえる悲鳴。彼女の意識を奥深くに沈めている、最も大きな負荷。

まだどこかに、私があの聖女を選ぶかもしれないとの怯えがあるのだ。それほどまでに、今まで誰に選ばれることもなかった無力感が、彼女の心を苛《さいな》んでいる。

そうだとすれば、私にできることなど一つしかない。

私は彼女の頬を両手で挟み込んで上向かせると、何も言わずに口付けを落とした。

さらに強引に舌を捻じ込みながら、貪るように……深く。

言葉よりも雄弁に伝わればいいと――何度も、何度も。

私のところに戻れ、レイナ！

私はとっくに貴女を選んでいる。

後は、貴女次第だ。

――もしも目を醒《さ》ましてくれたなら、少しは見込みがあると思っても良いのだろうか――

それだけを強く願いながら。

第四章　私の居場所

寒い。

そもそも昔から、寒さには弱かった。

それ以前に壁際で膝から崩れ落ちてしまえば、ベッドにも潜り込めず寒いことだろう。

そう内心で思ってはいても、身体がまったく言うことを聞かない。いつの間にか視界の端がどろりと溶けて、うまく身体が動かせなくなっていた。

血の匂い漂う「現場」を見て、気分が悪くなった？

ううん、多分それだけじゃない。

あんな、平和国家日本においては目にするはずもない光景を目の当たりにしてしまって、動揺したのだ。

ここは日本じゃない。

改めてそのことを突き付けられてしまい、足元が覚束なくなった。

季節感覚さえ曖昧なこの世界で、無意識のうちに溜まったストレスが自律神経を傷つけた——あ、血の物騒さだけに動転したというよりは、よほど納得がいく。

もはや目も開けていられず、身体の力が抜けていく。

その時にふと問いが聞こえた。

――どうして私はここにいるんだろう。

――どうして。

この世界に来てから、一度はねじ伏せたはずの問いかけが、再び自分の中で何度も、何度も繰り返される。

寒い。

冷たくて暗い、醜い感情の沼が何度でも私の目の前に現れて、溺れさせようとする。

――私は、舞菜のおもりなんてやめて自立するの。

――でも、エドヴァルドの邸宅から出ていく気もないんでしょう？

――図々しい。召喚を行うしかなかった彼の立場も考えずに、もたれかかって。

――どうせ最後には、誰もかれもが舞菜を選ぶのに。

――所詮はスペア。それ以上の期待なんて持ってどうするの？

罪悪感でエドヴァルドを縛り付けようとする、とてつもなく醜い感情が絶え間なく揺蕩《たゆた》う。

独り立ちをしたいのか、エドヴァルドを縛り付けたいのか。

ああ、もう嫌だ。何も聞かず、何も考えず、このままここに漂っていたい。

私は――

（レイナっ!!）

呑み込まれかけた意識を、その場に繋ぎ留めた声があった。

（一人でそこに堕ちる必要はない!!）

多分に焦りと苛立ちを含んだ、バリトンボイス。

（罪悪感で私を縛りたければ、そうすれば良い！　貴女がそうしたいのなら、私は――それをただ、受け入れるだけだ！）

嘘、と私の心の声がこぼれ落ちる。

（嘘など言うつもりはない！　その代わりに、貴女も私に堕ちてもらう！　貴女を独占したい、私のそんな愚かな願いを聞き入れてもらう！　そうすれば、互いに対等でいられるはずだろう……っ）

対等？

貴方の――願い？

（私のところに戻れ！）

堕ちるなら、共に。

いつの間にか、寒いと思っていた周囲の空気が、一変していた。

暖かい空気が、周りを取り囲んで――壊れてしまいそうだった心が、どこかで踏みとどまった気がした。

――貴方は舞菜《いもうと》じゃなく、私を選んでくれますか？

――何か起きても、この手を取って、一緒に足掻《あが》いてくれますか？

そんな問いがあぶくのように胸の内に沸き上がる。

これまでは、皆がことごとく妹を優先した。

だから妹から離れて、誰にも比較をされない、私だけの居場所を作るという選択をしたはずだったのに、ある日突然見も知らぬ世界に引きずり込まれ、よりにもよって妹までがそこにいた。

二度と手は貸さないと決意はしたけれど。

さすがに六年がふいになったのは、思ったよりも堪えていたのかもしれない。無意識のうちに手っ取り早く「心」を手放そうとしてしまったんだろう。

エドヴァルドが召喚の義務と罪悪感のみで寄り添おうとしてくれているのなら、それだって辛すぎると思ってしまったから。

――ああでも、その「答え」を聞くのはやっぱり怖い。

いつか聞けるだろうか。ちょっとまだ、勇気が足りないかもしれない。

そんなことを思っていたら。

どうせ夢だと思っていたら。

声の――答えの代わりに、唇が重ねられた気がした。

一度じゃなく、何度も。何度も。

(夢現《ゆめうつつ》から戻れ、レイナ。答えが欲しいなら――そこで、伝える)

――その声とともに深く沈んでいた意識が、引き上げられた気がした。

瞼をゆっくりと持ち上げれば、目の前――本当に息のかかる距離に、エドヴァルドの顔があった。

寝台脇から身を乗り出していたエドヴァルドが、両手で私の頬を包み込んでいる。

「エド……ヴァルド……様……」

「――戻ってきたな、レイナ」

どこから、とはエドヴァルドは言わなかったけれど、私は思わず大きく目を見開いた。

エドヴァルドはそんな私の頭をそっと撫でる。

「貴女が寝室で倒れていると、ヨンナが血相を変えて一階の書斎へ飛び込んで来たんだ。だからすぐさま医者を呼んだ。そして医者は、貴女の症状が、私の母の、死の間際の症状に酷似していると。心を壊して、二度と夢と現《うつつ》の狭間から戻らなかった母の、このままでは二の舞になると言ったのだ」

いまだ寝起きでぼんやりとしていた頭に、そのとんでもない情報が染みていく。

エドヴァルドの母親。ベアトリス・クリストフェル。

かつてギーレン国王の叔父に乱暴されて、心を壊した女性。

イデオン公爵家でも、ギーレン王家でも、それは既に闇に埋もれた話だったはずだ。

「なんでもいいから、声をかけ続けろと言われた。何か言ったなら、こちら側に意識を引き戻すためにも応えろと言われた。だが、たとえ『なんでもいい』と言われようと、望まぬ召喚が貴女の心を揺さぶって、ここまで追い詰めてしまっていたのなら、私は貴女に対して誠実に、私の心の内を晒《さら》そうと思った。そうでなければ、貴女はきっと、応えてはくれないだろうと思ったんだ」

「エドヴァルド様……」

「答えを今聞くか、レイナ？」

私は思わず息を呑んでいた。

あの声は、夢じゃなかったんだろうか。

同時に、自分が彼に何を問いかけていたかを思い出して一瞬で頬が熱くなる。

エドヴァルドはそんな私を見つめ、見たこともないような表情で微笑んだ。

「望むなら、今ここで答えを告げてもいい。だが――その時点で、もう後戻りは出来なくなると思ってほしい。貴女にその覚悟があるなら、私はいつでも貴女に答えを返そう」

『私に堕ちろ』

夢だと思っていたエドヴァルドの声が、脳裡にこだまする。

えっ、堕ちろ……っ!?

そんなドSな口説き文句は〝蘇芳戦記〟のエドヴァルドにはなかったはずだ。

いや待って、耐性ゼロなんですが、私！

でもここで距離が近付けば、いざと言う時に「一緒に亡命してくれ」と言いやすくなったと喜ぶべき……？

わぁ――っ!!　どうしたらいいか、誰か私に教えて――!?

目は逸らさないまでも、私が内心で盛大なパニックを引き起こしていることに、エドヴァルドも途中で気が付いたようだった。

わずかに彼の目元が緩む。

「……どうやら、時期尚早だったようだ」

「…………ハイ」

正直に答える私に、特に不快そうな素振《そぶ》りを見せることもせず、エドヴァルドは寝台脇の呼び鈴で、ヨンナを呼んでくれた。

魘《うな》されてびっしょり汗をかいた身体を、拭いた方がいいということらしい。

切り替わった空気に、少しだけほっとしつつエドヴァルドを見上げると、彼はさらりと現在の状況を説明してくれた。

「ヨンナやセルヴァンも心配しているが、何より〝鷹の眼〟の連中が、さっきから邸宅《やしき》を出たり入ったりと騒々しい。ファルコやイザクに至っては『血塗《まみ》れの現場を見せるなどと、自分達の配慮が欠けていた。きっとそのショックで倒れたんだろうから、私の前で弱音を吐かなかった貴女を責めないでほしい』そう言って頭を下げる始末だ」

それは……ありがたいというよりは申し訳ない。

視線を移すと、窓の外はまだ暗い。どうやら倒れてから三～四時間といったところらしく、今は未だ夜更けの時間だった。

ほとんど誰も寝ていないのかと思うと、心苦しくて仕方がない。

「かつ、ファルコとイザクはずっとこの部屋の外で、貴女の目が醒《さ》めるのを待っていた。着替えて落ち着いたら、少しの時間で良いから、中に入れてやってくれ」

「あっエドヴァルド様！　彼らは、彼らの仕事をしただけで……そもそも私が……っ」

フォローするはずだった案件を全くフォローできていないどころか、倒れてしまうなどという醜態を晒《さら》してしまったことに、また血の気が下がる。

慌てて身体を起こすと、エドヴァルドにそっと制止された。

「分かっている。私は、貴女に囮《おとり》のような真似をさせた自分を不甲斐ないと思っている。彼らは、貴女への配慮が欠けていたことを嘆いている。貴女は、自分が囮《おとり》となることで、彼らを巻き込んだと悔いている。それぞれに、少しずつの後悔がある。ならば、もうそれでいいだろう。それ以上言い募ったところで、誰が救われる訳でもない」

まるで「三方一両損」のようなことをエドヴァルドは言ったけど、殊《こと》この件に関しては、その通りと言うより他はなかった。

「レイナ、最終的なコヴァネン子爵の処遇については、私に一任してもらう。ハルヴァラ伯爵夫人が来た際に、私が何を言っても口は挟むな。あれは王宮預かりの案件とする」

「…………ハイ」

なるほど。

きっと、とっても怖い、宰相としての「政治の駆け引き」が、何か作用するんですよね。

大丈夫です。私は空気の読める女です。

「だから、ハルヴァラ伯爵夫人と息子が帰った後でいいから、改めてゆっくりと休んでくれ。もちろん、それ以前に無理だと思ったら口に出して伝えてほしい。今日のようなことは――やはり心臓に悪い」

無表情の向こうに揺れた不安気な目が、エドヴァルドの本心を表しているようだった。

だけど私は「舞菜《いもうと》と関わらない人生」を保証されない限りは、前に進めない。

もしも貴方に堕ちたら、そして――

その先を、想像するのが怖い。

貴方が本来の、冷徹な宰相としての顔を見せる度に、きっと不安に苛《さいな》まれてしまう。

「レイナ？」

「あ……いえ。単に私がまだ……杞憂を抱えた、臆病者のままだというだけのことです」

私が慌てて両手と首を振ると、何を思ったのか、エドヴァルドはいきなり、私のほうへと身体を戻した。

「⁉」

ヨンナが入って来る直前に、ほんの一瞬、唇が重なり合う。

「これでは答えを告げているようなものかもしれないが……なかなか貴女を安心させられない自分が、少し歯痒い。これでも一応、貴女の気持ちが完全にこちらを向いてくれるのを待つつもりではいるんだ。元々の貴女の望みをどうにかするのが役目だと、以前から言っていることでもあるしな。貴女は、貴女らしく居てくれればそれでいい。まあ出来れば……もう少し私を頼ってほしいと思うし、こちらの寿命を縮めるような真似も、控えてもらえたら有難いが」

「……っ」

ハッキリ言って今のは、ただ『好きだ』と言われるよりも破壊力抜群だった。

彼氏いない歴＝年齢の私でも分かるくらいに、まっすぐな好意がぶつかってきた。

まるで「召喚の罪悪感」や「同情」といった言葉を堀の外に埋めてしまおうとするかのような、それはそれは熱い視線と言葉だった。

「レイナ様……っ！」

その後、ヨンナが泣きながら両手を握りしめてくれたことも、ファルコに派手に背中を何度も叩かれたことも、イザクとセルヴァンは――ファルコの後ろで微笑《わら》っていただけだけど、表情で「よかった」と言ってくれていたことも、私はなんとなく、ふわふわとした頭の向こうでかろうじて認識していた。

頭の中は、さっきまでの、エドヴァルドとのやりとりでいっぱいになっていたのだ。

――多分妹のことがなければ、私はもうとっくに、宰相閣下《エドヴァルド》に堕ちている。

そしてエドヴァルドにも、それは悟られている。

だから彼は、私に一歩、踏み込んできたのだろう。

――本当にただ、一線を越えていないだけで、堕ちたも同然のところにいやしないだろうか、私。

うわぁ……

ついつい頭を抱えたくなってしまった。

❀　❀　❀

翌朝。

気付けば寝台の周りが幾つもの花瓶に生けられたスズランでいっぱいになっていた。

えっと……可愛いんだけど。

可愛いんだけど……ね？

半身を起こして、もの凄く複雑な表情で辺りを見回している私に気付いたヨンナが、ちょっと苦笑いを浮かべた。

「やはりご存じなんですよね、レイナ様も」

なんでも、真夜中だから花屋も開いていないし、庭師に断りなく花を摘む訳にもいかないし、たださそれでも……と〝鷹の眼〟の皆が、入れ替わり立ち替わり持って来たらしい。

「レイナ様が知らないはずがないと、旦那様も仰っていたんですが。最後には『まぁ気持ちの問題か……』と、許可を出されて」

「そうなんだ……〝鷹の眼〟の皆が……」

なるほど。それならば、ちょっと納得。

見た目には可愛いスズランだけど、実際は花だろうと茎だろうと根だろうと全てに毒素が潜む、なかなかに物騒な花なのだ。

毒を抽出するため、彼らの手元に在庫がたくさんあったんだとしても不思議じゃない——なんて、そこはツッコんではいけない。

きっと、花瓶に生けた水に滲み出る毒素も、後で有効活用されるんだろうな……とかも、気付かないフリをしておいた方がいいに決まってる。

「うん……トリカブトとか生けられるよりは、可愛いからいいか……」

そう思うことにしておこう。

ずらりと自分を囲んだスズランを眺めていると、ヨンナが気づかわしげにこちらを見ていた。

「ご気分はいかがですか、レイナ様？　いつも通りに、旦那様と陛下で朝食を召し上がられますか？　旦那様からは、無理をしなくても良いと言われておりますが……」

「あ……ううん、大丈夫。私の国では、血を見ることってほとんどないから、驚いただけだと思う。えっと……あと、今回みたいな症状の時は、緑色メインのお野菜が身体にいいって、国では言われてたんだけど……こっちは、そんな話はないのかな？」

ほうれん草だ小松菜だ水菜だと言ったところで、通じるはずもないのは明らかだ。

とはいえ、ただ「大丈夫」を繰り返しても信じてもらえなそうなので、念のため聞いてみた。

「身体にいい野菜、ですか……」

名前以前にあまりそういった概念がないのか、ヨンナは小首を傾げている。

「薬みたいな即効性はないんだけど、積み重ねることで病への耐性を高めるって言う……予防医学の一環かな。軍の人たちや〝鷹の眼〟の皆が、日頃から身体を鍛えて怪我を少なくしようとしているのを、食事に置き換えて考えているような感じ？」

「興味深い考え方でございますね……」

結局、私にはそもそもこの国の野菜がさっぱり分からないので、今度商人が食材を運んで来た時にでも、一緒に聞いてみようという話になった。

「薬は薬として飲んでいただきますけれど、それで体調が今よりも整うかもしれないとのことであれば、旦那様とて否やはないと思いますわ」

そこまで話してようやく、私はダイニングでエドヴァルドと朝食を取る形が整った。

ハラハラした様子のヨンナに見守られながら階段を下りていくと、仏頂面のエドヴァルドが私を待っていた。

「……無理をしているんじゃないのか」

エドヴァルドは、開口一番そんな風に言う。

ただの貧血どころか潜在意識の向こう側、深層意識の世界を垣間見て、あわや戻って来られなくなるところだったんだから、彼の心配は当然だとも言える。

周囲の他の人たちと違い「戻って来なかった」母を知るエドヴァルドには、誤魔化しが効かないのだ。

「今のところは……大丈夫だと思います」

だから私も「今のところ」と答えるしかない。

「親切などなたかに引き戻していただきましたから。ただ……二度と引っ張られない、などと確約は出来ません。多分……どこかでまた、ご迷惑をお掛けするような気がします」

「今は大丈夫……か。分かった。ならばその時は、私が迎えに行こう。何度でも」

——何度でも。

そう言葉を繰り返した後で私を見るエドヴァルドの目は、真剣だ。

視線に射貫かれて「お……願いします……」としか私が言えなくても、その視線が揺らぐことはなかった。

お見舞いの花といい、ヨンナやセルヴァンの気遣いといい、皆がこの公爵邸にいてもいいのだと、態度で示してくれているようだった。

そしてエドヴァルドは――彼らよりも、より深く、熱く。

倒れた後の皆の気遣いを感じるごとに、そんな皆をレイフ殿下の叛乱に巻きこんではいけない、そもそも起こさせてはいけないと尚更強く意識するようになった気がした。

魔力のない、徒手空拳の私にも出来ることを探そうと思う。皆のために。


「さて昼食はここで取るようにするが……さすがにベルセリウスが来る時間には戻れない。どうする？　ベルセリウスについてはセルヴァンに委ねてしまうか？」

朝食も終盤に差し掛かったところで、エドヴァルドがこの後の予定を確認してきた。

まだあの狂乱から半日しか過ぎていない。今日の午後にはベルセリウス将軍が来訪予定だった、と私も改めて思い出す。

多分エドヴァルドとしては私の体調を心配して、暗にセルヴァンに任せてしまってもいいと言ってくれているのだろうけれど……

そこまで考えてから、私はゆるゆると首を横に振った。

「あ……いえ、昨日コヴァネン子爵と揉めた時のことや『北の館』に人をお借りしたこととか、直接お礼を申し上げておきたいので、私も場に居させてください。その……ずーっと、あの大声だった場合にだけ、少し代わってもらえたら……嬉しいかもですけど……」

最後に少し遠慮がちにそう言ってみれば、エドヴァルドは一瞬目を瞠《みは》った後、やや面白そうにセルヴァンを振り返っていた。

「……だ、そうだ」

「心得てございます、旦那様。毎年のことでございますので」

なんてことはない、といった感じにセルヴァンも答えている。

ああ、やっぱりあの大声はデフォルトなんだ、と思わず納得してしまう。

「アレは地声が大きいだけで、悪気がある訳でも威嚇している訳でもない。威嚇する時は、さらに声が大きくなる」

セルヴァンどころか、エドヴァルドも苦笑ぎみだった。

「いえ、威嚇とは思わなかったんですけど……なんと言うか、あれが十分二十分続くと疲れそうと言うか――すみません、聞かなかったコトに」

「気にするな。多分それが大丈夫となったら、軍に入れとしか言われんだろうから、むしろ慣れるなと言っておく」

失礼だと言われるかと思いきや、ほぼ躊躇なくエドヴァルドがそう言葉を返してきた。ということは、それが間違《まご》う事なき本音なんだろう。

何故か周りまで、無言のまま深く頷いている。

声についても慣れないままでいい、と。分かりました。

では、今日の報告は何を聞けばいいのか……と思っていると、エドヴァルドが彼の領地が持つ特異な性質について教えてくれた。

「ベルセリウスは侯爵家だが、領防衛軍の本部しか自前の領を持っていない。訓練をする所も、所属軍人の住居も、全てが本部の敷地内にある。そして各伯爵領から御用達の商人を呼んで、必要な物を購入する形をとっている。各伯爵領には防衛軍の維持費を固定費として出させているから、その費用との出納管理を毎年確認している形だ」

要はギーレン国との国境付近に、某国の五角形が特徴的な国防総省本庁舎が存在しているイメージだろうか。

完全に軍としての役割だけを持った領土、と考えればよさそうだ。

「……ああ、だから……」

思わず私がそう呟けば、エドヴァルドがわずかに片眉を上げた。

「この仕組みが意図するところが、分かるようだな」

「そうですね……仮にベルセリウス侯爵がその気になったとしても、非常に叛乱が起こしづらい仕組みだと思います。警備、警察以外の権限は与えていない、ってことですよね」

商人を本部の外から呼ぶということは、自らの領地には軍人しかいないにもかかわらず武器も食料も日用品も本部の外から購入しなくてはならないということだ。

兵糧なしの戦など、有り得ない。

仮に軍本部がその気になったところで、取引先の各伯爵領が首を縦に振らなければ、戦うよりも前に兵糧攻めに遭《あ》って、兵が力尽きる。

たとえ本人に軍人としての才能や力があろうと、エドヴァルドが生粋の文官枠であろうと、戦いの前に既に勝敗は決していると言えるだろう。

「そうだ。ベルセリウスには、奴が侯爵を継いだ際にその話は既にしてある。力で押すだけが、戦だと思うなと。まあ、おかげでまだ、私の首と胴は繋がっているな」

後でセルヴァンに聞いたところによると、領主に成り立てで気合が入り過ぎて、エドヴァルドまで威嚇する勢いだったベルセリウスに向かって、当のエドヴァルドは一言『干上がってもいいなら叛旗を翻してみろ』と言い放ったらしい。

どう見ても、年下優男《やさおとこ》なエドヴァルドに、『兵糧攻めにしてやる』と過激に言い返され、器の違いに感じ入った結果が、今や立派なエドヴァルド信奉者《ファン》ということらしい。

そうですか。

脳筋侯爵様は忠犬三号、それも大型犬でしたか。

「いざという時には自分が、私に代わって街道を封鎖すると言ってやればいい。貴女に対する態度はそれで変わるはずだ」

そういえば昨日からの一連の出来事で、既にベルセリウス侯爵が、私を厭《いと》うことはないはずだと、ファルコは言っていたけど……そこはまぁ、話を聞きながら臨機応変に対応するしかなさそうだ。

「書類を受け取ったら、今年の手合わせの場所を教えてやってほしい。今〝鷹の眼〟と庭師達とが相談しあっているはずだから、後で彼らから聞くといい。喧嘩をしていて纏《まと》まらんようだったら、貴女が決めてくれても構わない」

どうせ壊れるならどこでもいいだろうと言う〝鷹の眼〟と、候補の場所それぞれに愛着のある庭師達とは、毎年なかなか意見の擦り合わせが大変らしい。

分かりました、とだけ私も答えておく。

どれだけ広いの公爵邸――という疑問は、呑み込んだままに。

❀　❀　❀

「やあやあ、ご令嬢！　昨日は失礼した！　改めてイデオン公爵領防衛軍を預かる、ベルセリウス侯爵オルヴォだ！　ファルコやウチの部下たちから、昨夜の貴女の武勇伝は聞いている！　貴女のような女性を、我らが貴婦人と仰げるなどとは、望外の喜び！　それだけでも本年は、王都まで来た甲斐があった！」

玄関ホールに入るなり、ベルセリウス侯爵――通称「将軍」はそう言って帽子を取ると、大股に私の方に近付いて来た。

白シャツに黒ネクタイの上から、濃紺色で膝丈まであるシングル三ボタンタイプのロングジャケットを羽織って、腰と肩から斜めにかかるエナメルのベルトを締めて、左側には剣を佩《は》いている。

ボタンや飾緒《エギュレット》は金色で、袖口にも金糸の刺繍。

スラックスの方も、ジャケットと同じ濃紺色だ。

さらには内側がエンジ色になっている黒のマントまで羽織っていては、軍服フェチじゃなくてもガン見してしまう。

高校の数少ない（腐女子な）友達が言っていた気がする――三割増しの呪いって、コレか。

普段が残念でも、真面目に着こなすと別人になるという……

ましてや一九〇センチを超えていそうな偉丈夫だ。

これで馬に乗って行進していては、よからぬ目的がなくても、ケンカの種を振り撒いている気がしてしまう。

「……レイナ様」

呆然と「将軍」を見上げていた私を見かねたのか、セルヴァンが小声で名前を呼んでくれて、ようやく我に返った。

慌ててカーテシーの姿勢をとって、一礼する。

「昨日《さくじつ》はご挨拶も出来ず大変失礼を致しました。改めまして、レイナ・ソガワでございます。聖女の姉だなどと持ち上げられてはおりますが、実のところは、公爵閣下のご厚情あっての身の上……今回も、閣下の懐が広くていらっしゃるからこそのことと認識しております。どうか今後とも、閣下をお支えくださるよう、宜しくお願い申し上げます」

軍事一辺倒のベルセリウス将軍の場合、エドヴァルドの名前を連呼して、親しさをアピールするなどは、まったくの逆効果だ。

分を弁えている、という主張が一番だ。

それに昨夜《ゆうべ》何をしていたかは、まったくもって些細なこと。

貴族社会には建前も重要だ。

出来るだけシンプルに、仲良くしましょうね！　という意図だけ伝わるような挨拶をすると、ベルセリウス将軍は快活に笑いながらこちらに歩み寄った。

「レイナ嬢か！　うむ、これからは共にお館様をお支えしようぞ！」

「い……っ」

本人は、軽く肩に手を置いたつもりなのかもしれない。が、実際には肩の上に重い荷物が直撃したくらいの衝撃が走った。

一瞬涙目になって、肩に手の痕とか付いてやしないかと顔を痙攣《ひきつ》らせながらも、なんとか何も言わずにやり過ごそうとしたのは、館の主人代理としての、多分意地。

セルヴァンが流石にちょっと焦ったみたいだったけど、それよりも、ベルセリウス将軍の後ろに控えていた青年が動くほうが早かった。

「将軍、それが貴婦人への扱いですか！　軍《ウチ》の新入りとは違うんですよ!?　まして泣かせてどうするんですっ！　後でお館様に刺されても知りませんよ!?」

む……と唸るベルセリウス将軍の手を私の肩から引き剥がして、彼は直角に近い勢いで頭を下げる。

「昨日から、重ね重ねウチの将軍が申し訳ありません！　自分は防衛軍の副長をしてます、ケネト・ウルリックと申します。――たまに、結構辞めたくなるんですけど！　ええと、しがない子爵家の三男で、ここしか居場所がないんで、渋々この人の下で働いてます。今後この人のことで困ったコトがあれば一応自分が窓口になってますので、お見知り置きください。たくさん出ると思うので！」

一瞬早口すぎて、言葉のところどころに毒が混ざっていることに気付くのが遅れた。

「……あの……ウルリック卿……」

「軍は基本的に実力主義ですので。平民にしろ貴族にしろ、爵位や敬称などでお呼びいただく必要はございません。ウルリックで結構です」

「え……あ……いえ、そのっ、ちょっと慣れないご挨拶で、痛く……いえ、涙目になってしまっただけなので……どうか、その辺りで……」

「つまりは、肩が外れるんじゃないかと思ったくらいに、痛かったんですよね？」

このウルリック副長、口調はフレンドリーだけど、話をしている内に、自分のペースに持っていってしまおうとするあたり、ちょっとどこかの宰相副官を彷彿《ほうふつ》とさせる。

しかもちょっと腹黒にした感じだ。

マントや飾緒《エギュレット》がないのは、ベルセリウス将軍との差を明確にするためだろうか。

ただ、昨日はまったく見ていなかったから気付かなかったけど、銀髪が――ふわふわと、多分私よりも、柔らかい。

鍛えてはいるだろう。だけど外見が、上官ほどの威圧感を感じさせない。

多分、上官と対比させるために、意図的にそうしているんだろうなと思う。

ただ私もこの状況では、顔を痙攣《ひきつ》らせたまま「……その……多少……」と、答えるしかない。

「そうですよね？　そうでしょうとも！　どうせ説明をするのは自分ですから、この気の利かない大木《たいぼく》は放っておいて、団欒《ホワイエ》の間へ参りましょう！　場所はよく存じておりますので、自分がエスコート致しますよ、ええ！」

「お……い、ケネトっ、私はまだ、レイナ嬢と話がだな――」

「いくらご自分の前に立っても腰を抜かしたり、気絶したりしないのが珍しいからと言って、馴れ馴れしく肩を叩いていい道理があるはずないでしょう！　まして近い未来の公爵夫人に対して、なんですか！　セルヴァンからお館様――公爵閣下には告げ口しておいてもらいますから、明日潔くその首差し出してもらいますよ！　あ、明日でいいんだろう、セルヴァン？」

「お任せくださいませ、ウルリック様。ええ、明日は午前九時にお越しくださいますか」

「なっ⁉」

「えっ、そこ乗っかるの、セルヴァン⁉」

思わず口調が乱れてしまった。

子爵家の非後継者が侯爵に対してそれでいいのかとも思うけど、さっきウルリック副長自身が言っていたように、彼らは通常の貴族家の枠組みから外れた領防衛軍の人間だ。

実戦においてはベルセリウス将軍が頭抜けて優れていても、本部の中を回しているのは、この副長だそうで、公式の場ではむしろウルリック副長のほうが前に出ることが多いらしい。

そういう意味では、セルヴァンがウルリック副長を優先することがあっても、不思議ではないのだろう。

「ちなみにでございますが」

驚くベルセリウス将軍や私を無視して、公爵邸最恐の家令サマは、さらにしれっと爆弾を放り投げていた。

「レイナ様は、旦那様がお話しになる前から、本部の弱点に既にお気付きでしたから、お一人で街道封鎖に走られるような事態になる前に、ぜひ旦那様以上の敬意を持って接していただきたく」

え、それエドヴァルドが場に応じて使えばいいって言ってた、とっておきの話だったんじゃ⁉

それ、今言う？　という私の視線は、もちろんキレイに無視され——恐る恐る私がセルヴァンからベルセリウス将軍とウルリック副長へと視線を移せば、二人それぞれに、あっと言う間に表情を失くして、こちらの様子を窺っていた。

うわ、居心地悪い……こんな時には、よし、扇の出番！

「お話の続きは団欒《ホワイエ》の間でいかがでしょうか……？」

広げた扇を手に微笑んだ私に、ベルセリウス将軍は即答せず、私のすぐ近くにいたウルリック副長に何か、目で合図を送ったみたいだった。

それまでの気安い口調を引っこめたウルリック副長が、頷いてベルセリウス将軍の後ろへと下がっている。

それと同時に、二人が突然、その場に片膝をついた。

「レイナ嬢、我らイデオン公爵領防衛軍の総意として、貴女を〝貴婦人〟と仰ぐことに否やはないと、ここに誓わせてもらう。無論、正式な宣誓の場は婚姻の儀の後となろうが、もし婚姻の儀そのものに不満を述べる輩《やから》など出てきた場合には全力で排除させてもらうので、どうかご安心めされよ！」

……ゴメンナサイ、ナニヲイッテイルノカ、ワカリマセン。

ええ、色々と。

ただ、落ち着いてよくよく話を聞いていると〝貴婦人〟とは、私が知る中では騎士爵に相当する女性、あるいは騎士の配偶者への敬称〝デイム〟に近いという認識で、間違いはなさそうだった。

この場合は、軍として忠誠を奉げるイデオン公爵――つまりはエドヴァルドの配偶者となるから、貴婦人。

いやいやいや、ちょっと待って⁉

お願い、暴走しないで！

とはいえ、当面エドヴァルドの「女性除け」になると約束している以上、ヘタなことも言えない。

団欒《ホワイエ》の間に向かう私の肩は、ちょっと落ちていたかもしれなかった。

「ではお手数ですが、こちらの書類をお館様――公爵閣下にお渡し願えますでしょうか」

そしてようやく団欒《ホワイエ》の間で、公爵領防衛軍ケネト・ウルリック副長からの書類を、セルヴァン経由で手にすることが出来た。

パラパラと書類に目を通している私に、ベルセリウス将軍、ウルリック副長両名の表情が、それぞれわずかに動いていた。

「確かにお預かり致します。あの……少々、お話を伺っても？」

「……何か書類に不備でも？」

書類に関しては、窓口はウルリック副長ということなのだろう。

ベルセリウス将軍は、ソファに腰を下ろして腕組みをしたままだ。

「ああ、いえ。不備と言うほどのことでは。ただ、思ったよりも本部に人数がいらっしゃるようなので、私の二つの『提案』を、ご検討いただけるかどうかお伺いしたくて」

「……提案ですか」

「ええ。一点目が『識字率』――つまりは、読み書きが出来る方の割合に関してなんですが。毎年貴方お一人でこの書類を書き上げていらっしゃるということは、それほど高い割合ではないのかと」

無言で目を瞠《みは》っているのは、恐らくは肯定の証。

私はにっこりと微笑みを作って、「提案」を掘り下げて説明する。

「今、バーレント領でより手頃な値段と使い心地のよい『紙』の開発に取り組んでもらってます。それが完成した暁には文字を知らない方の練習用として検討してみてはいただけないかと。初年度は難しいかもしれませんが、重要性の低い書類の転写用としても使えますし、ある程度のところで経費を抑えられるようになると思います」

最初の大口顧客として軍を取り込めれば、きっと良い試用調査《モニター》にもなる。

「……ちなみに二点目は」

「この費目を見る限り、お酒の好きな方、多いですよね？」

私が書類の一部を指させば、ウルリック副長の目には明らかに「読めるのか……」と言う色が浮かんでいた。そこには突っ込まず、とりあえず話を続ける。

「こちらも今、オルセン領でより手ごろな価格のワインの開発を進めてもらっているんです。紙と同様に、特許を含めた各種の権利問題をクリアしたところで、ぜひ試してみていただきたいな、と。ワインの味が落ちた時や不作の年でも、購入時に商人たちから足元を見られることもなくなるので、もしも採用していただければ、いずれは費用の削減に繋がります」

ワインについて、サングリアだの中にフルーツを入れることを考えているだのといった話までは今は出来ない。

ただもしも本格的に取り入れてもらえるとなれば、ワインに浮かぶフルーツがおつまみ的な役割を果たすことや、飲みやすくなったワインが妻子に喜ばれるなどの副次的な利点にも気が付くだろう。

最初の大口顧客として契約出来れば――と言うのは、こちらも同じだ。

「どちらの領にもそれぞれ私から連絡を入れますので、いずれ使者か令息か、ともかく見本を持って本部にやって来た際には、ぜひ話を聞いていただきたいのです」

「令息？」

「はい。成功すれば次代は安泰だと誰の目にも分かりますでしょう？　それに双方の領の経済が回ります。あ、だからと言って忖度は不要です。売り込みの場と機会だけいただければ、と」

大事なのは、商品を説明する場を彼らに与えること。成功するかしないかは、本人たち次第だ。

もともとイデオン公爵領防衛軍は、外敵や盗賊から領地を守ることに加えて、食料と日用品の全てを他の領地から仕入れることによって、各領の経済活動の安定化に寄与している側面がある。定期的にモノを仕入れてくれる、言わば「太客」になるのだから、当然と言えば当然だ。

もしもの時に、兵糧攻めや飢饉などがあった際の影響を避けたい軍側としても、自分達に好意的な領地はなるべく増やしておきたいだろうし、そもそも将軍は見るからに権謀術数とは縁遠そうだ。まっすぐに、自軍だけではなく領全体の発展を考えられる人だろう。

「結果、話を聞く『だけ』で終わったとしても宜しいんですか？」

都度口を挟むウルリック副長の声が少し上擦っているのは、私の意図が読めないからだろう。

ベルセリウス将軍は、目を丸くしたまま私を凝視している。

まさかエドヴァルドの亡命暗殺エンドに現実味が帯びてきた時に、彼がいなくても持ちこたえられるよう各領地を仕込んでおきたい、なんてことは言えないから、彼ら二人からすれば不信感の方が大きいのかもしれない。

私がそれを提案するメリットが、彼ら側からはハッキリと見えないのだから。

私は緩く頷いて、副長に答えた。

「はい、もちろん。『新製品を売り込みに来るんだ』という感覚でいていただいて構いません。私が取引を押し付けたところで本部の実情と合うかどうかは分かりませんから、そこは皆さま方でご判断頂きたく。あくまでその機会を頂戴したい、ということで」

「お館様……公爵閣下は、このことは……」

「開発を進めていることに関してはもちろんご存じです。双方の領から軍本部に売り込みに行っても問題ないですか？　って点は、まだ確認してませんけど……何しろ今、この書類を見ながら思いついたことなので。ただ、私から導入を押し付けるのでなければ、反対はされないと思います」

「それは……確かに……」

言いながら、ウルリック副長はチラリと隣のベルセリウス将軍に視線を投げた。

なんだかんだ、最終的な決定権が誰にあるのかは、彼も弁えているのだ。

「――うむ、会って話を聞いてからの判断でいいとの話なら、特にこちらがとやかく言うことでもない。取り入れるレベルにないと思ったなら、契約せねばいいだけの話だからな！」

やがてベルセリウス将軍は、彼自身の膝を叩くと、そう声を上げ、隣のウルリック副長が、ホッとそこで息をついた。

彼自身は、妥当な話だと考えていたのだろう。

「ダメならダメで、改良の参考になるでしょうから、それぞれ細かく要望を伝えていただければ、彼らも喜ぶと思います」

「よし、承知した！　しかし貴女は、バーレント領やオルセン領の令息たちとも既に交流を深めているのだな！　次代とはよい目のつけどころだ！　公爵領も安泰だな！」

「…………はは」

将軍、それ何気に「当代」をディスってると思われちゃいますよ。

大丈夫ですか？　ウルリック副長が顔を痙攣《ひきつ》らせてますけど。

「じゃ、じゃあそういうことで、この書類はこちらで預かります」

……とりあえず、今の微妙な発言は聞かなかったコトにしておこうかな。

副長も「そうしてくれ」って、目で訴えてるし。

今の私の目標は、各領の「横の繋がり」を作ることだ。

エドヴァルドを基準に各々の年齢を考えると、関係を築くなら、当代よりも次期たちの方がいいのではと思っただけ。

これはあくまでも、エドヴァルドが亡命を余儀なくされるような事態に陥った時の仕込みだ。

他国、他公爵領にイデオン公爵領を解体されたり、乗っ取られたりすることなく、下部組織である各領にふんばっていただいて、エドヴァルドの帰還まで持ちこたえられるようにするための下地づくり。

誰も知らない計画。ゲームのシナリオの強制力でも発動しない限りは眠らせたままで良い仕込みで、もしもフラグが折れて、エドヴァルドの亡命を防げたなら、ただそれぞれの領の産業が発展するだけの話で、なんの不都合も起きない。

臆病すぎるかもしれないけれど、これぐらいのことはしておきたかった。

「えっと……明日の来邸時間は先ほどセルヴァンがお伝えした通り、後はファルコと明日の手合わせの場所を確認される――と言うことで宜しいですか?」

仕掛けの全てが報われるわけじゃなくても、それでいいのだ。

「うむ、問題ない! ああ、午後ハルヴァラ伯爵夫人がお見えになられる際、我々は再度戻ってくるので、そのつもりでいてもらいたい! 帰路のことで相談もせねばならん。何、定例報告が終わりそうな頃合いを見計らって、戻るつもりだぞ!」

将軍からハルヴァラ伯爵夫人の名前が先に出たことで、私はちょうどいいタイミングだと、ここでベルセリウス将軍に頭を下げることにした。

「あ、はい、宜しくお願いします。その……昨日は子爵と夫人とのトラブルの件で、結局皆さまを巻き込む形となってしまい、申し訳ございませんでした。皆さまのご厚意に感謝申し上げます」

何、気にするな! と、将軍は鷹揚に頷いていた。

「詳しい話を聞いて、私も憤ってはいたのだ! 私の肩書程度で役に立つのなら、いつでも使ってくれて構わん!」

――実はこの時点で、コヴァネン子爵は既にこの世の人ではなくなっており、エドヴァルドとベルセリウス将軍が表向き処分を受けることになる「政治的な決着」がついてしまっていたのだけれど、夜の間寝込んでいた私は、まだそのことを知らされていなかった。

そしてベルセリウス将軍は、私が「エドヴァルドから話を聞いている」と思って答えを返しており、後で思い起こすと微妙なすれ違いはあったはずなのに、この時はお互いに気が付いていなかった。

まさかそれを、午後、ハルヴァラ伯爵夫人やミカ君と同じタイミングで聞かされる羽目になる――などとは、思いもしなかったのだ。

❃　❃　❃

さて、エドヴァルドはお昼をやや過ぎた辺りに公爵邸へと顔を出し、一緒に昼食をとったものの、その時点では、私からの話に耳を傾けただけだった。

「バーレント領とオルセン領については承知した。それぞれ事業としての見通しが立ち次第、防衛軍本部に売り込みに行くよう伝えておけばいい」

こちらからの報告にもそんな言葉がさらっと返ってくる。

「そもそもベルセリウスやウルリックは、忖度とは無縁な連中だ。公正な目で判断するだろう。それに長きに渡って利用してくれる顧客を獲得出来るかどうかは、事業そのものの核にもなるから、バーレント領にしろオルセン領にしろ、職人連中も張り切るだろう。具体的な目標が出来ていいんじゃないか」

案の定、特に反対はされなかったので、明日にでも手紙を書こうとその時は思いながら食事を終え、イリナ夫人とミカ君の到着を待った。

そして、さほどの間を置かず二人が再び公爵邸を訪れた。

イリナ夫人は実父がこの場にいないことを訝《いぶか》しんだのかわずかに視線を周囲に泳がせていたけれ

ど、それに気付いたエドヴァルドが、先に声をかけた。

「遠路お越しいただいて早々に恐縮だが、実は少々、込み入った事情が発生した。今日は団欒《ホワイエ》の間ではなく、その奥の応接室に同行願いたい」

確かに襲撃について伝えるのであれば、最低限の人数しか入れない応接室のほうがいいだろうと、その時は私も漠然とそう思っていた。

ただそこでエドヴァルドが告げた言葉は、間違いなく私の度肝を抜いた。

「夫人。コヴァネン子爵だが――実は昨夜遅くに命を落とした」

「⁉」

イリナ夫人もミカ君も、これでもかと言わんばかりに目を見開いたし、私は危うく声をあげそうになって、慌てて自分の手で口元を塞いだ。

エドヴァルドがこの場では何を聞いても余計な口は挟むなと、前に話していたのを思い出したのだ。

「非常に言いにくい話なのだが、昨夜『南の館』を抜け出した子爵が、元々連れて来ていた護衛を集めて『北の館』――すなわち、あなた方への襲撃を企てた」

「そんな……っ⁉」

「貴女と子息の命が危ないと、ハルヴァラ領の家令から、私宛に急ぎで追加の書類が届いた。そこには子爵がハルヴァラ伯爵の遺産乗っ取りを企んでいると、証拠と共に書き添えられていたのだ」

チャペックのやったことが初耳だった夫人とは対照的に、ミカ君は私の方をガン見していた。

明らかに馬車の座席の下から出して渡した『秘密のおてがみ』のことだよね⁉　と聞いている顔に、私は曖昧に微笑《わら》って頷いておいた。

エドヴァルドはそんな私たちの声なき会話を見やりつつも、言葉を続ける。

「私は手勢を急ぎ『北の館』へと向かわせた。こんな言い方もどうかと思うが、レイナもそちらで食事をしていると聞いたからな。何もせずにはいられなかったのだ」

……何か、エドヴァルドの「いいから口を挟むな」オーラが、黒くて怖いです。真っ黒です。

空気を読めってコトですね、ハイ。

「時間も時間だったから、連中も多分、区別が出来なかったんだろう。夕食を終えて公爵邸に戻ろうとした、レイナが乗る馬車を誤って襲っている現場に、公爵邸《こちら》の護衛たちが遭遇したそうだ」

「レイナ様の⁉」

ミカ君に続いてイリナ夫人にもガン見されてしまい、慌てて両手を振って「無事です」アピールだけしておく。

「どうやら護衛の中には、金で雇われたプロもいたらしい。一筋縄ではいかないと判断したため、襲撃者を生かしたまま捕らえることを諦めて、襲撃を防ぎきることに専念した。結果、レイナにケガはなく『北の館』に騒ぎが伝わることもなかったかと思うんだが――襲撃者たちの遺体を確認していた時、その中に子爵がいることに気が付いたそうだ」

ひっ……と、イリナ夫人が、息を呑んでしまったようだった。

「そう。命を落としたことに間違いはないが、刺客の中にコヴァネン子爵がいた――と言うのが、実は一番正しい」

「……あ……そん……な……」

子爵いたっけ？　等々、既に色々ツッコミたくなっている私と違って、夫人は純粋に衝撃を受けているようだった。

「昨日まで生きて言葉を交わしていた人間が、今日になって二度と手の届かぬところへいってしまうと言うのは、心中察するに余りある。だが申し訳ないが、我々は子爵の遺体を貴女へとお返しすることが出来かねるのだ」

エドヴァルドの表情が、本当に申し訳ないと――思っているように見えないのは、何故だろう。

「ここはハルヴァラ伯爵領ではなく王都だ。襲撃があって、斬り合いが起きたという事実を王都の警備隊に対して伏せておくことはまず出来ない」

あのＹ字路あたり一帯血塗《まみ》れになっているだろうから、夜が明ければ尚更目立つだろうなと、私もそこは納得をする。

「そしてそこにコヴァネン子爵の遺体があれば、何が起きたのか追及される。爵位を持つ貴族が王都内で殺されたのに手をこまねいている訳にはいかないからな。そこでもし――レイナが、公爵家の賓客である彼女が乗る馬車が襲撃を受けたと知れれば、狙ったのがあなた方だったのだとしても、結果的に、子爵が問われる罪は大きくなり、あなた方母子《おやこ》にも、連座の声が届く可能性がある」

「わ……たしは、構いません！　父が犯した罪であれば、私が連座することもやむを得ないと思います！　ですがミカは、息子は何も……っ！」

エドヴァルドの「連座」の言葉に、顔色を変えた夫人が声をあげる。

けれどエドヴァルドは片手を上げて、それを遮った。

「話はまだ途中だ、夫人。私はレイナから、貴女と彼女が手を取り合って白磁の発展を目指す約束をしたと、そう聞いた」

もしもーし！

言いましたけど、それはセルヴァンに言った話であって――!!

「そ……れは……ですが……」

ツッコミたくて仕方のない私を目線だけで牽制しつつ、エドヴァルドは夫人の方へと向き直る。

「だから貴女には、レイナが襲われた事実には目を瞑《つむ》ってもらう」

もらいたいじゃなく「もらう」なのね……と、私はもう、ちょっと遠い目になってた。

多分生来のものとして、気が弱いと思われるイリナ夫人に、まるで考える隙を与えていない。

エドヴァルドはさらに言葉を続ける。

「馬車は襲われなかった。襲われたのは『北の館』そのもの――それであれば、あなた方母子《おやこ》は被害者でしかなく、連座を問われることもない。コヴァネン子爵一人がどうしようもない小悪党としての誹《そし》りを受けることまでは止められないが、貴女と子息の将来は、それで守られることを保証しよう」

いまだ狼狽えている夫人の隣で、わずかにミカ君が表情を変えた。

ああほら、やっぱりミカ君はもう、子供ではいられなくなってる。

エドヴァルドの視線を、臆することなく受け止めているのが、いい証拠だ。

「ですがレイナ様も危険に晒《さら》されていらしたというのに……そんな……」

「レイナは了承済みだ」

うわぁ、いけしゃあしゃあと言いますか、それ⁉

そろそろ口を挟めないことに耐えられなくなってきたかもしれない。

「彼女はあなたがた母子《おやこ》と、白磁の発展のためにこれからも手を取り合っていく方を優先させたいそうだ。当事者であるコヴァネン子爵が死んでしまった以上、それ以上にコトを荒立てるつもりは、微塵もないと」

……まぁ、そこは間違ってはいない。

イリナ夫人とミカ君の視線を受けてしまうと、私もなるべくにこやかに微笑んでおくことしか出来ない。

「私はケガ一つ負っていませんから、それでイリナ様が責められるとなれば、私の方がむしろ心苦しくなってしまいます。ですからどうか、エドヴァルド様の仰る通りに」

――って、言っておけば満足ですか⁉

エドヴァルドを見る目が思わず半目になってしまったのが、ミカ君に悟られてないといいけど。

イリナ夫人は私の言葉に目を潤ませて頭を下げ通しだったし、なんならミカ君はうっすらと疑念の眼をこちらに向けていた。

ああもう、せっかく頼れるお姉さんとしての立ち位置を確保していたのに……と言いたいところだけれど、他に方法がない。

どうにかこうにか二人に納得してもらっているうちに、ベルセリウス侯爵一行が邸宅に到着したとセルヴァンからの声がかかる。

エドヴァルドが、ミカ君とイリナ夫人の二人に向き直った。

「では悪いが早速、夫人には、王都警備隊の担当者に証言をしてもらう。ベルセリウスもだ」

「べ、ベルセリウス侯爵様にはお話が済んでいたのですか!?」

いつの間に、と言いたげなイリナ夫人からは敢えて視線を外して、エドヴァルドが立ち上がった。

「二人共地方から出て来ている身だ。この件に関わる時間は出来るだけ少ない方がいいだろうと思い、ベルセリウスには先に話を通しておいた。もちろん後日何かあった際には、すべて私の方で対処しておく」

応接室の扉は既に開かれていたため、その発言はこちらへ来ようとしていた将軍の耳にも当然届いていた。

そしてそんな将軍と夫人がまだよく事情を呑み込めていないうちに、エドヴァルドは、あっという間に彼らを王宮内にあるという王都警備隊の詰所へと連れて行ってしまったのだ。

――その三人、誰も襲撃現場に居合わせていないのでは。

などということは、きっとツッコんではいけないいんだろう。うん。

「王都警備隊は、跡を継げない貴族の三男以下のご子息が多いですから、平民の訴えをあまり聞き入れない傾向がございます。王都の平民はむしろ、商業ギルドが束ねる自警団に対応を委ねます。ですから今回に限って言えば、あのお三方《さんかた》で宜しいのですよ」

仕方がないので残されたミカ君と、庭で組手らしき訓練をしている〝鷹の眼〟と防衛軍の人たちを見つめていると、セルヴァンがそんな解説をひっそりと伝えてくれた。

「まして証言を申し出ているのが、伯爵夫人はともかくとしましても、旦那様とベルセリウス侯爵様ともなれば、その証言を疑う者など、少なくとも表向きはおりません。そしてその『表向き』が、結局は全てなのですよ」

公爵と侯爵に誰が物を言えるのか、と。

……権力って、怖い。

にこにこと微笑むセルヴァンからそっと視線を逸らし、私はアイアンテーブルの上のお菓子を手に取ろうとするミカ君に視線を向けた。

「ミカ君も、剣とか体術とか、帰るまでの間だけでも教わってみる？　ここにいても、退屈じゃない？」

さすがに六歳とはいえ次期伯爵になる子を呼び捨てにすることは憚《はばか》られ、ミカ君で通すことにした。このくらいの子供なら、走り回る方が好きなのでは？　と思ったものの、ミカ君は予想に反し、きょとんとした表情で私を見た。

……うん、癒されるのは間違いない。

「うーん……僕、母上がずっと言葉で罵られているのを見てたんだけど、その時、僕は母上のために何も言い返してあげられなかったんだ。そんな自分がものすごく歯がゆくて悔しくて……でももし、鍛えて強くなったとしても、一方的に相手を殴りつけるのとかって多分何か違うよね？　だから僕はもっと勉強を頑張って、腕の立つ人はこれから信頼出来る人を探して、僕や母上を守ってくれるよう、お願いした方がいいかな？　って、思ってるんだけど……変？」

軍の人たちや〝鷹の眼〟の皆が、一瞬だけど手を止めてミカ君に視線を向けていた。

真顔で適材適所を語る六歳児。それは驚くよね。私も驚いた。

大人たちの微妙な沈黙を意にも介さず、ミカ君は私を大きな目で見つめる。

「僕、公爵様やレイナ様がどんな勉強をしたのかが知りたいな！」

「うーん……公爵様はちょっと分からないけど、私はとりあえず、たくさん本を読んだかな。言葉遣いのバリエーションは増えるし、自分とまったく違う考え方を知ることも出来るし、自分が何かを決めようとする時の選択肢も増えるしで、損が一個もなかったから」

そう言うと、ミカ君は私の言うことをひとつも逃すまいと言わんばかりの真剣さで大きく頷いた。

その一生懸命さに、さらに私は過去の記憶を探る。

「――あと学園に行っていた時はたくさん予習をしていって、先生とお話しする時には、復習か質問の時間にするようにしてたよ。そのほうが先生も喜んだし、教科書以外の面白い話もしてくれることがあったからね。何より周りから馬鹿にされることがなかったのがよかったなあ……」

ついつい余計なことも言ってしまった気がする。

ただね？　と、私はキラキラしたミカ君の目をじっと見つめながら、自分の頭を指差した。

「どうやって覚えて、覚えたことをどうやって使うか。私のいた所では、インプットとアウトプットって言ったんだけど、それぱっかりは、人によって向き不向きがあるの」

「イン……？」

「うーんと……例えば単語一個覚えるのに、書いた方が覚えられる人や、声に出す方が覚えられる人がいる、って感じかな？」

「僕、どっちだろう……」

「分かるまでは、色々試してみるといいんじゃないかな。ちなみに私は、書いて覚える派」

「そういえば、旦那様はあまり、何かを書いて覚えるようなことはされていらっしゃいませんね」

ミカ君のためと思ったんだろう。

セルヴァンが、そんな風に情報を追加してくれた。

「分かった、僕も試してみる！」

ちなみに後でエドヴァルドに聞くと、本をたくさん読んだことは間違いないが、あまり意識して何かを覚えようとしたことがなかった――とかなんとか。

……天才って、これだから。

けれどその時の私はそんな話は知りようもなく、ひたすら明るく前向きなミカ君に癒されていた――はずが。

「ねぇねぇ、レイナ様。僕、今晩もふわふわオムレツと野菜のスープとフルーツのサラダ食べたいって、言ったらダメかなぁ？」

「え？」

「な⁉」

無邪気なミカ君の言葉に、私どころかファルコまでが驚愕してこちらを振り返った。

確かにファルコが作った、あのポトフっぽい野菜スープ、結構美味しかったもんねぇ……

「だって明日もう帰っちゃったら、今度いつ食べられるか分からないし！　だったら今日も食べておきたい！」

「……ご指名ですよー、ファルコサン」

「何言ってんだ。スープとサラダはともかく、オムレツ作ったのはアンタだろ」

丸投げしてやれ、と思った私の思惑を察したのかどうか、組手中だった手を止めたファルコの返しは速攻だった。

組手の相手だったイザクは、あらぬ方向を見ている。

「え……昨日、レイナ様とファルコで夕食の準備を⁉」

そして別方向に驚愕しているセルヴァン。

私もつい「ちゃんと食べられるモノを作ったよ⁉」と叫んでしまったけど、ミカ君が「うん、すっごく美味しかったの！」と笑顔を浮かべるものだから、ちょっとクラッとしてしまった。

私、ショタっ気なんてあったかな……

「い……一応、お母様が戻られたら、聞いてみようね？」

「うん！」

きっとイヤとは言えないと思うけど。カワイイ息子の「おねだり」とか、特に。

多分問題は、だ。

「セルヴァン……私、外出禁止って言われないかな……」

「間違いなく言われると思います。昨晩の旦那様の動揺ぶりは、それはもう我々でさえ見ていられませんでしたから」

「……デスヨネ」

レイフ殿下の叛乱計画を予想している途中の話だったにせよ、囮《おとり》の話にあれだけ難色を示していたのに、違う場面にせよ結局囮《おとり》になって、慣れない血を見て倒れていたら、世話はない。

仮に北の館を訪れることが出来たとしても、エドヴァルドがついてくるのは間違いなかった。

違う意味でクラクラしてきた頭を抱えていると、ミカ君が心配そうにこちらを見上げている。

「レイナ様？」

「あ……のね、ミカ君。公爵様も一緒でもいいかな？　お姉さん、ゆうべちょっと危ない目に遭《あ》っちゃったから、多分、一緒じゃないとダメって言われるかも？」

「あっ、そっか！　そうだよね！　うん、僕は、公爵様も一緒だと嬉しいな！　もっと色々お話を聞いてみたい！」

「じゃ、じゃあ、とりあえず皆《みんな》が戻ったら聞いてみよっか」

すっかりミカ君に押されている私に、今度はファルコとイザクが顔色を変えて、私の両腕を二人で思い切り引っ張り、顔を寄せるとミカ君に聞こえない程度の叫び声を上げた。

「おぉい！　食わせるのか⁉　あんな野営料理、お館様に食わせる気か⁉」

「俺ら、料理人でもなんでもないぞ⁉」

「だっ……だってエドヴァルド様がついてきて一緒に食べるしかないでしょ⁉　私だって一応、昨日はやらかしたなーって自覚はあるし！」

「なんで選択肢がそれしかないんだよ！」

「公爵邸では、お客人を招いて夕食は摂れない〝お上《かみ》の事情〟があるんだってば。さらに言うと、私がミカ君と食べないっていう選択肢もありません！」

そこにさりげなく、セルヴァンが私たちの背後に回り込んできた。

「であれば間違いなく、旦那様はレイナ様に同行されますでしょうね……そもそもお生まれの頃からこの食事様式だったというだけで、旦那様ご自身は食についてほとんど拘《こだわ》りがなくていらっしゃいますから」

私が食べていたサンドイッチの利便性に気付いていて、近頃すっかり昼食に持参する形が定着しているのが、いい証拠だという。

「マジかよ……止めてくれよ……頼むから残ってくれ……」

そんなファルコ達〝鷹の眼〟の願いも虚しく、戻って来た三人に突撃したミカ君の「お願い」に、まずあっさりイリナ夫人が陥落した。

その後エドヴァルドは、まず「私が作る」という時点で、表情筋が驚愕の方向に仕事をしていて（失礼な！）、さらに数十秒の葛藤の末に、予想通りに「自分も行く」と、口を開いた。

「レイナ嬢！　私とケネト……っと、ウルリックもいいだろうか⁉　食事は賑やかなほうがよかろう！」

すると置いていかれるのが寂しかったのか、ファルコの料理に興味が湧いたのか、何故かベルセリウス将軍までが加わってきた。

ますます頭を抱えたくなったけど、ふと閃いた私は、何気なさを装って尋ねてみる。

「……人数増えると、仕込み大変なんで、力仕事手伝ってくださいます？」

「お？　おう、任せろ！　力仕事ならば、いくらでも手は貸すぞ！」

片手で額を押さえたウルリック副長を横目に、私とイザクが親指を立てて、アイコンタクトしていたことは、秘密だ。

卵白の泡立て、これは期待出来る。

昨日より、さらにふわふわのオムレツが作れそう‼


そんなこんなで夜、王都の外れにある公爵家所有の別邸『北の館』はちょっとした渾沌《カオス》状態になった。

ひたすら卵を割って黄身と白身を分ける私に、分けた後の卵白をイザクを手本にベルセリウス将軍がかき回す。

スープとサラダ用の野菜とフルーツをファルコとウルリック副長がひたすら乱切りをする隣で、イリナ夫人は「帰ったら料理人に伝えて、作ってもらってみます」と言いながら、こちらをガン見して、手順を覚えようとしていた。

……それもあんまりなんで今度レシピ書いて送ります、って言っておいたけど。

せっかくだし、バーレントの花模様の紙とか、使ってみてもいいかもしれない。

そして明らかに厨房のほうが賑やかなために寂しくなったミカ君が、エドヴァルドを引っ張って厨房に来てしまい――〝鷹の眼〟とベルセリウス将軍達を顎で使っている私の状況に、エドヴァルドが絶句していた。

「レイナ様、レイナ様、僕に出来ることってない⁉」

「ん？　うーん、そうね……あ、焼き始めたところで、焦げたり膨れ過ぎて弾けたりしないように、火の番しててもらおっか？　昨日くらいに膨れたら、教えてほしいな。で、公爵様と一緒に見て、ちょうどいいところを公爵様にも教えてあげて？」

「え、僕が公爵様に⁉」

「そう。公爵様は見たことないお料理だからね。出来上がり具合は、ミカ君にかかってる、頑張れ！」

「分かった、頑張る！」

私とミカ君との会話に顔色を変えたのは、ファルコ、イザク、ウルリック副長の三人だった。

ベルセリウス将軍は、初体験の作業を面白がって、物凄い勢いで卵白を掻き回していて、こちらの会話に気が付いた様子はない。

「ファルコ……」

「それ以上言うな、イザク」

「自分も結構図太いほうだと思ってましたが、ウチの将軍とお館様を同時に動かしてのける人を初めて見ました。しかも料理でって……」

ひそひそ交わされる会話は聞こえないふりをして、私は次なる作業を三人にお願いしたのだった。

そして、テーブルの準備が終わる。

結局、ミカ君とベルセリウス将軍の奮闘によって昨日より見事な膨れっぷりをみせたオムレツには、その場の全員が驚いていた。

「すごいすごい、ミカ君、頑張った！」

屈み込んだ私がミカ君とハイタッチしている姿に、エドヴァルドは苦笑しか出て来ないらしい。

「しかし、卵しか使っていないのに、ここまでになるものなんだな」

「元は私の国で、地方にあった修道院近くのお宿が、お祈りに来る貧しい人たちのために、少しでもお腹がふくれて、なおかつ栄養価の高い食べ物を――って考えて、作りだされたのが、コレなんですよ」

私がそう言いながら、ダイニングテーブルにオムレツを並べていると、エドヴァルドどころか、全員の表情が興味深げなものに変わった。

「それは……なるほど、考えたものだな」

この世界、宗教色は薄いようで、各地それぞれに土地由来の神を拝している程度で、修道院は孤児院あるいは刑務所としての側面の方が強いらしい。

ただ、宗教が存在していない訳ではないので、この場の皆にもすんなりと理解は出来たみたいだった。

そして私とエドヴァルドとの会話に他の皆も興味を持ったようなので、一応追加で言っておく。

「まあ、ただちょっと時代の変遷と共にゴタゴタもあって」

「ゴタゴタとは？」

恐らくは全員の内心を代弁しつつも、エドヴァルドの目はジッとオムレツをとらえている。

「巡礼者たちの間にクチコミで広まって、もの凄く流行《はや》ったのはいいんですけど、欲が出たのか、そのお宿の何代目かのオーナーは当初の目的を忘れて観光目的で来る裕福な層のためにオムレツの値段を吊り上げちゃったそうなんです」

どこまで本当かは定かじゃない。ただ現状、ふわふわオムレツはそのとある場所の名物であると同時にぼったくりの象徴のように扱われている側面もあり、賛否両論の一品だ。

「だからもう、そこには行かずに私みたいに見よう見まねで作っちゃう人も続出して。当初の心意気はどこへやら、ですね。特許を取るなり、やたらと値上げをしたりしないように何か手を打つなりしておくべきだったんだろうなぁ……と、色々考えさせられる一品です。たかがオムレツ、されどオムレツなんですよ」

「確かにそれは……オムレツ以外のなんにでも、当てはまりそうな話ではあるな。だがレイナ、恐らくこのオムレツは、まだこのアンジェス国では誰も見たことがないはずだ。特許権申請の勉強も兼ねて、レシピ化してみたらどうだ」

「……えぇっ⁉」

オムレツで？　と声を上げたら、されどオムレツなんだろう？　と、切り返されてしまった。

うう、揚げ足取られるとか迂闊《うかつ》。

苦い顔で見上げると、立て板に水の調子でエドヴァルドが語り始めた。

「ワインもそうだが、飲食に関するレシピの特許は生業《なりわい》にする場合においてのみ効力を発揮する。各家庭で作られる場合にまでは及ばない。例えばハルヴァラ伯爵夫人やウルリックがレシピを覚え、それぞれの邸宅《やしき》で作らせる分には自由だが、その料理人たちが他所《よそ》のレストランに情報を横流しする事態は防げる。余計なトラブルを招かないためにも、申請しておいて損はないと思うが？」

「あー……このスープやサラダは、ウチの軍にもバリエーション違いで似たような料理がありますけど、ここまで大きく膨れたオムレツは、確かに見たことがありませんね」

さすがに〝鷹の眼〟の皆はダイニングでの同席を拒否したため、スープを手にしながらそう言ったのは、ウルリック副長だった。

「卵だけでここまで嵩《かさ》増しが出来るなら、ウチでは歓迎される。そして辞めていく連中がこのレシピでよからぬことを企む可能性も確かにある。予防策は必要でしょうね」

「うむ、これは食料の在庫に難が出た時のためにも、ぜひ料理人たちに覚えさせておきたいところだな！」

少し冷めて一回り小さくなったにせよ、それでも世間一般で言う「オムレツ」と比較すれば、明らかに異質なのだろう。

ベルセリウス将軍も大きく頷いていた。

「申し訳ありません。気軽にレシピをお願い出来るものではなかったのですね」

ちょっと悄気《しょげ》ているイリナ夫人には、慌てて「いえいえ」と片手を振る。

「元はと言えばミカ君に喜んでほしくて作ったようなモノですから！　ちゃんとレシピはお送りしますし、細かいことは気にせず、あとは家令にでもぶん投げちゃってください」

「レイナ……」

白磁の件と併せて、チャペックを働かせる気満々の私にエドヴァルドが呆れた視線を向けた。

ええ、もう、すっかりミカ君に対してブラコン化してますよ、私。

ショタじゃなく、ブラコン！　断じてそれしか認めません。

さて、そんな形でオムレツのレシピに特許を取る話が現実味を帯びてきてしまったわけだけど……

やっぱりそうするべきでしょうか、の意味を込めてエドヴァルドに視線を送ると、彼が頷いた。

「……恐らく近い内に、キヴェカス伯爵家から定例報告が来る。そこの三男は、公爵領全体の法律顧問として、特許や裁判に関する知識も飛び抜けて豊富だ。その時にオムレツだけでなく紙やワインの件も含めて、まとめて相談してしまえ。二つでも三つでも一緒だろう。もちろん、紙とワインに関してはそれぞれの領で実際に申請はさせるが、根回しをしておいて損はあるまい」

言い終わりざまに、エドヴァルドが意味深な目くばせを私に送る。

つまり、定例報告を受けたうえでアンジェス国の法律という勉強項目が増えれば、私が公爵家で

「学ぶ」時間の余裕ができる。

それすなわち、私が勉強を終えて王宮に囲い込まれる危険が先に延びるということだ。

エドヴァルドが本当に言いたかったであろうことを、私も正確に理解していた。

どちらかと言うと、このオムレツレシピを手土産に領外に出て、どこかに雇ってもらうのもいいなぁ……と思っていたところに先回りされた感は、無きにしも非《あら》ず。

宰相閣下、手強いです。

「報告に来た時に確認して、本人に今抱えている大きな案件がないようなら、法律の教師代わりに邸宅《やしき》に通わせてもいいしな」

「……仕方ないですね、それで手を打ちます」

そう言って肩をすくめる私に、エドヴァルドが満足気に頷いている。

むしろ驚いたのは、私とエドヴァルド以外の周囲だった。

そりゃあまあ公爵家には法律顧問がちゃんといるのに『聖女の姉』に法律を勉強させようとか、一見すると狂気の沙汰に見えるのかもしれない。

ドン引きしているように見えるウルリック副長やベルセリウス将軍に苦笑していると、エドヴァルドが私を抱き寄せて微笑んだ。

「私とて、出来ない人間に『やれ』とは言わない。私は彼女に、この公爵領にとって、なくてはならない人間になってもらいたいと思っているし、彼女にはその能力がある」

出来ると思った人間を、能力の限界まで使おうとするのはブラック経営者の第一歩だと思うんだけど——なんてことは、私には言えません。ええ。

王宮に近付けないために、色々考えてくれているのは、分かっているので。

法律でもなんでも、勉強しますとも。

❀　❀　❀

「レイナ様！　僕、帰ってからも時々お手紙書いてもいいかな？　チャペックだけに寄りかからずに、もっと色々なことを知るようにしたいんだ！」

翌日、食事を終えて『北の館』を去るにあたってミカ君はそんな風に言うと、小さな両手で私の右手の指を持ちながら、相変わらずのキラキラ笑顔でこちらを見上げてきた。

……これに「ダメ」と言える人なんて、きっといないと思う。

「もちろん！　ただ、手紙の往復に時間がかかることを考えながら、相談ごとは書いてね？　緊急のお話はチャペックとかお母様を、ちゃんと頼って」

「うん、分かった！」

馬車が見えなくなるまでずっと手を振ってくれていたミカ君を窓越しに微笑ましく眺める。ベルセリウス将軍とウルリック副長は馬で来ていたので、馬車の護衛も兼ねて、公爵邸経由で『南の館』に戻るとのことだった。

すると向かいに座っているエドヴァルドがポツリと呟いた。

「将来が侮《あなど》れんな……」

「そうでしょう？　もう、あとはどんどんと、あの『子供らしさ』が消えていっちゃうんですよ。チャペック許すまじですよ」

「そういう話では……いや、いい。……分かった。機会があれば、説教するなり引っぱたくなり、すると良い。一度は目を瞑《つむ》っておく」

どうやっても憤りが鎮まらない私に、とうとうエドヴァルドも諦めたらしかった。

約束ですよ？　と念を押す、私も私だけど。

「ところで、レイナ。昼間は説明なしに話を合わさせてしまって、悪かった。コヴァネンの件、今、少し補足しておく」

「ああ……でも、ハルヴァラ伯爵夫人とミカ君を連座させないためっていうのは、納得しましたよ？」

「いくらなんでも、私の権力で問答無用に真相を闇に葬る訳にもいかないだろう。落としどころというのは、なんにでも必要だ」

どうやら、公爵としての権力に物を言わせて、王都の警備隊を黙らせてきた訳ではないらしい。表情《かお》に出ていたのか「私をなんだと……」と眉根を寄せていたけど、とりあえず話をするのが先と、気を取り直したみたいだった。

「イデオン公爵領の管轄下にある貴族が、王都で揉め事を起こした。最終的に当人が断罪されようとこの事実は覆らない。だから私はひと月ほどの謹慎処分を受けることになるし、コヴァネン子爵を『南の館』から出してしまったベルセリウスは同じ期間だけ給与の返上を命じられることになる」

「…………ええっ⁉」

エドヴァルドの言っている内容が、自分の中で腹落ちするのに、ちょっと時間がかかってしまった。

「謹慎⁉」

「国王陛下《フィルバート》からは、ギーレン国のエドベリ王子の外遊終了後に、効力が生じる命令だと言われてはいるがな。この件で、他の公爵やレイフ殿下たちから余計な詮索を入れられないためには、これくらいしておいていいくらいだ」

「ご……めんなさい。私そこまでは考えてなかった……」

自分が囮《おとり》になると言わなければ生じなかったであろう事態に、血の気が引く。

だけどエドヴァルドは「気にするな」と微笑《わら》ってみせた。

「これは、ハルヴァラ伯爵夫人には伝えていない。伝えれば尚更、自分一人で連座を受け入れる方向に傾きかねないからな」

「それは……確かに……」

「ベルセリウスも『ハルヴァラ伯爵夫人のためなら』と、むしろ積極的に給与返上を受け入れていたぞ。まあ流石に、ベルセリウスに本来責任はない訳だから、返上した給与分は公爵家の方から融通すると言ってはおいたが。公爵ほどではないにせよ、自分が侯爵の地位として果たすべき責は、あの男もよく理解しているんだ」

むしろ、軍人気質の強いベルセリウス将軍だからこそ、貴族としての義務――〝ノブレス・オブリージュ〟は、より意識しているのかもしれない。

とはいえ、国内に強い影響力を持つ二人にそれほどの罰が科されるなどとは思ってもいなかった。

肩を落としていると、さらに重ねてエドヴァルドが言う。

「どのみち、昨日襲撃がなかったとしても、あの書類を見る限りは、確実に帰り道で事件は起きていたし、対処も変わらなかった。この処分は、早いか遅いかの違いでしかない」

「エドヴァルド様……」

「あと、物のついでに、謹慎期間中に貴女が私と一緒に国内の視察に出る許可を、もぎ取っておいた。他の公爵領について学び、有力者たちと顔繋ぎをしておくことは、聖女のためにも役立つはずだと、国王陛下《フィルバート》にも言い含めておいたから、キヴェカスから法律を学ぶ件と併せれば、かなりの間、現状の先延ばしが出来たはずだ」

……謹慎中に、視察？

何か、おかしな言葉遣いを聞いた気がしたけど。

ええっと、法律の勉強に、プラスアルファで更なる先延ばしと言われれば、確かに有難い話ではあるんだけど。

私が本気で「何を言っているんだろう」という表情になっていることに気が付いたのだろう。

エドヴァルドは少しの間、横を向いて肩を振るわせていた。

「ああ、いや、すまない。陛下も、同じような反応だったなと思ってな。彼にも最初は『言葉を正しく使え』と、怪訝な表情《かお》をされたよ」

あ、よかった。私の感覚がずれていた訳ではないらしい。

「謹慎と言ってしまうから分かりづらいが、要はひと月の間、私が中央行政の業務から外れるということだ。この場合は、皆、外されたと受け取る。中には、そのまま宰相位を下ろされるのでは、などと変に勘繰る輩《やから》も出てくるかもしれないな」

「あ」

思わず声を漏らした私に、エドヴァルドも笑うのを止めて頷いてみせる。

「そうだ。ある意味、叛乱計画《クーデター》を起こしたいレイフ殿下派閥の背中を押す処分になるかもしれない。貴女が『読んだ』話は……現実味をさらに増したとも言えるな」

「……っ」

エドヴァルドはこれ以上私に囮《おとり》をさせないために、処分を受け入れるのと同時に、レイフ殿下たちに隙を見せることで自分が囮《おとり》になった。

——そう気付いて表情を強張《こわば》らせた私に、エドヴァルドがわずかなため息をついた。

「やはり気が付くか。まあ、分かっていたことではあるがな」

「それは……だって……」

「自分が囮《おとり》になるのはよくて、私はダメという理屈は通らないぞ、レイナ。そもそもがアンジェス国の問題であり、宰相である私の方が、被《かぶ》るべき責任は大きい」

「でも貴方は……！」

「宰相の命が聖女の姉よりも重いなどと、私に言わせるつもりか」

冷ややかなエドヴァルドの声に、思わず気圧《けお》されてしまう。

「正式な告示は明日以降となるが、この『処分』自体はもう、陛下の裁可を仰いで認められた。覆ることはない」

「エドヴァルド様……！」

「それよりも貴女には、考えておいてほしいことがある」

さらに声を上げかけた私を遮るように、向かいに腰を下ろしていたエドヴァルドの右手が、スッと私の頬に触れた。

「私と一ヶ月、視察旅行に出る――その意味を」

意味？

とっさによく分からず、目を丸くする私に、エドヴァルドの手が、頬から頭の後ろへと動いた。

「レイナ、もう貴女がなんと言おうと、旅の間に、私が貴女の全てをもらい受ける。エドベリ王子の外遊が無事に済んで、レイフ殿下の騒動が決着したなら、それ以上私は自分を抑えることが出来なくなる。貴女の覚悟が決まるのを待つと言ったが――視察旅行までが、限界だと思っておいてほしい」

「……っ！」

動いていた手が肩に下りていく。私はそのまま、エドヴァルドに抱きすくめられていた。

「覚えておいてほしい。私はただの一度も、聖女になど目を奪われたことはない。私に『頭脳を差し出せ』と啖呵を切ったのも、私の下にある領地の発展のために知識を差し出してくれたのも、囮《おとり》になってまで、公爵領《わたしの》を守ろうとしてくれているのも――どれも今、目の前にいる貴女がしたことだ」

驚きのあまり声も出ない私に、さらにエドヴァルドの言葉が耳元に響く。

「それでどうして私が、他の女性になど目を奪われると思う。もはや聖女に限った話ではない。私は貴女を選んだ。ただ一人、貴女を選んだんだ。だから視察旅行に行く時には、私の手を取ってほしい。私の全てを、貴女に受け入れてもらいたいと願っている」

謹慎という言葉の意味を、辞書で引き直してほしい……などと思っているあたり、多分私の頭の中は、盛大なパニック状態だったんだと思う。

いくら彼氏いない歴＝年齢の私でも分かる。

一線を越えたいと、言われていることくらいは。

もう心臓は、人類《ひと》を通り越してロップイヤーだ。ウサギ並みの三倍速で音を立てている。

「お館様、レイナ嬢！　では、我々はここで――」

「将軍！　そういう時は一声かけてから扉を開けないと……って、ほらやっぱり……!!　すみませんっ、ホント、ウチの大木《たいぼく》将軍がすみません……っ！」

唇が重なる寸前に、馬車の扉が開くとか――どこのラブコメのお約束だろうか。

私はもう、羞恥心で頭が沸騰しそうだった。

【閑話】エドヴァルドの深慮

「毎年この時期になると、おまえが疲労困憊《こんぱい》になっているのは分かっているつもりだったが……今年はさらに酷いな」

一時意識を失っていたレイナが目覚めてくれた後、まだ謁見の始まる前に王宮にあるフィルバートの執務室を訪れれば、入るなり呆れを含んだ声が投げかけられた。

聖女がまだ起きていない謁見前の朝の時間でなくては話を通せなかったのだから、多少のことには目を瞑《つむ》ってもらいたい。

そう思いつつ、私はいつもよりもかしこまった礼の姿勢をとる。

「申し訳ありません、陛下。実は我が領の関係者が、少々困った事態を引き起こしました」

「毎年何かしら起きているだろう。主に女性問題で」

「人聞きの悪いことを仰らないでください。まるで私が主体となって起こしているみたいに……って、そうではなくてですね」

「ああっ、もう！　この時間からかしこまられるのは、鬱陶しくてかなわん！　普通に話せエディ、何があった」

ヒラヒラと手を振った幼馴染でもある国王にいったんは言葉に詰まったものの、咳払いを一つしてから、私も口調を崩した。

「ハルヴァラ伯爵夫人と次期伯爵の殺害未遂だ。犯人はその実父。子爵位にある男で――身柄と証拠は、既に押さえた」

「……は？」

常に冷静であり、王としての狡猾な側面も併せ持つ彼にしては間の抜けた返事だった。一瞬情報を咀嚼《そしゃく》する素振《そぶ》りを見せていたが、幾許もなく落ち着きを取り戻したようだ。

「そいつはなかなかの醜聞だな。それでどこまで揉み消すと？」

「何故、揉み消し前提なんだ。少し端折《はしょ》ったり、盛ったり、襲撃者と指示役は全員死んでいるかもしれんが、そういった程度には公表するつもりだが？」

「……おい。揉み消しよりも悪辣に聞こえるぞ」

「王宮《ここ》では、そういうものだろう」

私が断言すると、フィルバートは大仰に顔を顰《しか》めた。

「さすがに貴族同士の揉め事で『犯人全員死にました』は無理があるだろう？　アイツらにだって体面ってモンがある」

「その貴族の最高位にある男が何を――まぁいい。今回に限ればあくまでハルヴァラ伯爵領のお家騒動だから、それでいいはずだ。ただ定例報告に乗じて王都で揉め事を起こした点は、私と、あと子爵から目を離したベルセリウスになんらかの処分が必要だろうと思っている。それで手打ち、あとは口を出すなという『落としどころ』にしたい」

ベルセリウスには、夜中の内にファルコを通じて連絡を入れておいた。

コヴァネン子爵が先導して『北の館』を襲撃しようとしたという事実を作り上げるため、夜の間に『南の館』を抜け出されたという体《てい》で、厳重注意と減俸処分を受け入れてもらうとの、話もつけてある。

減俸になった分は裏で公爵家から補填すると話はしてあるが、ベルセリウスにしてもハルヴァラ伯爵夫人と息子《ミカ》が置かれていた状況と、実際にレイナが乗る馬車が襲撃を受けたということがあって、夫人とミカへの累が及ばない今回のやり方に、むしろ諸手《もろて》を挙げて賛成してきたのだ。

「……宰相位を下りるのは許さんぞ、さすがに」

「陛下が惜しんでくださるなら、謹慎と減俸程度で考えておりますよ」

わざとおどけたように私が言えば、真意に気付いたフィルバートが激しく舌打ちをした。

「最初からそのつもりだったクセに、ワザと私の言質を取るか。相変わらず可愛げのない。分かった、分かった！　謹慎でも減俸でも好きにすればいいが、ギーレンのエドベリ王子の外遊が終わってからにしてもらうぞ。私を過労で殺す気か」

私は恭順の意を込めて、右手を胸元にあてて「承知」と、一礼した。

「ちなみに謹慎中は、聖女の姉を伴っての国内視察で実地研修をさせたいと思っているから、そちらも宜しく頼みたい」

「は!?　おい待てっ、エディ！　それは『謹慎』か？　言葉は正しく使え？　何故そんな必要がある？」

あわよくばそのまま話を通してしまおうと思ったが、さすがにフィルバートも流されてはくれなかったようだ。私は内心でのみ舌打ちをする。

「公爵邸に引きこもろうとしたとて、どうせ転移扉を臨時開放するなり何なりして、仕事を押し付けようとするだろう。ならいっそのこと、中央行政から一時外されている風に見える、地方視察の方が余程言い訳が立つ。聖女の姉とて地方の現状を見て、その後妹にあれこれ教授させる方が、結果として姉妹双方に役立つと思ったのだが？」

「……っ」

私はそれ以上余計なことを言わなかった。この国の王としては、なるべく早くレイナを聖女のフォローに入れたいのだろうが、それが中途半端になっても困るのだ。

片手で額を覆いながら激しく葛藤しているフィルバートの様を、私はしばらく見守っていた。

「――分かった、いいだろう」

フィルバートがやがてそう答えるのに、どのくらいの間があっただろうか。

そしてその瞬間、私は賭けに勝ったことを確信した。

これでもうしばらく、レイナを王宮へは遣《や》らずに済むだろう。

「しかし、聖女マナへの対応の雑さに比べると、驚くほどに肩入れをしているな。いや、確かにフォローを頼んだのは私だが」

厭味《いやみ》ではなく純粋に疑問に思ったらしいフィルバートに、私は口元を微《かす》かにほころばせた。

「雑とは人聞きが悪い。私は聖女にも当初はきちんと応対をしたはずだ。姉妹どちらもこの国のことを知らない。故に不自由のないようにと、必要な知識と衣食住を提供した。ただし黙っていても与えられるその立場に甘えてしまった者と、ただ与えられることを潔しとせず、自らの知識を差し出して、歩み寄りを見せてくれた者とに分かれた。……どちらに手を差し伸べたくなるかは、一目瞭然だと思うがな」

「こちらが勝手に招いてしまったんだ。甘えと言ってしまうは容易《たやす》い」

「分かっている。姉の方とてまだ本心からはこの国での生活を受け入れているようには見えない。だからこそ──彼女の心には、私が寄り添う。今更他の誰かに譲るつもりはない」

あまり必要以上の執着を見せてしまうと、面白がってフィルバートがレイナの王宮への出仕を早めてしまう可能性がある。

そしていくら教育の進捗状況を楯にしたとしても、物事には限度というものがある。

「ほう……遠慮か？　たまには聖女マナの話し相手を代わってくれてもいいんだぞ、エディ？　彼女とて毎日顔を合わせるのが私ばかりでは、そのうち飽きもこよう」

そう言いながら、フィルバートの表情《かお》は完全に笑っている。

だからつい、幼馴染の気安さで私も「断る」と、一刀両断してしまった。

「それこそあの聖女は私の仏頂面など拝みたくもないだろうよ。彼女は、その王家の象徴たる金髪碧眼がお好みのようだからな」

何せあの聖女はこの国に来た直後から、フィルバートの金髪碧眼に目を輝かせていたのだ。

ファンタジー！　王子様来た！　などと意味不明な呟きすら洩らしていた。

……思い返せば返すほど、レイナが彼女と真逆の位置にいるのが分かる。

「まあ確かに、この生まれ持った髪と瞳程度で機嫌が取れるのならば、安いものだがな。姉君には通用しないようだから、やはりそちらはおまえに任せておくのが妥当か」

「――どうかお任せを、陛下」

わざと大きな動作で一礼を見せる私に、フィルバートはやや不本意げに眉根を寄せていた。

「やはり減俸だけに留めておくか……？　微塵も王都中心街を騒がせたことに対しての申し訳なさが見えんのだが」

「………………」

私は全力でフィルバートのセリフを聞かなかったことにしておいた。

ひと月といえど王都を離れられれば、それだけレイナが王宮に縛られないための猶予が出来ることになる。それが理解出来ないレイナではないだろうし、恐らくはその旅を受け入れてくれるだろう。

だからこそその間に、今以上にレイナとの距離を縮めたいのだ。

私の隣にいてほしいし、レイナの隣にいるのは私でありたい。

もう、心の奥深くに沈んでしまわないようにと、私はレイナに希うのだ。

【閑話】ミカと家令の告発

父上には二度と会えないのだということを朧《おぼろ》げながらに理解をしたのは、五歳の時だった。

病気だと周りは言っていたけれど、新しく家令になったチャペックが周囲を異常なまでに警戒しているのを見て、子供心にも「何かがおかしい」とすぐに気が付いた。

特に、母上の父上……僕のお祖父《じい》様を名乗る人が邸宅《おやしき》に乗り込んできてからの、ハルヴァラの家の空気は悪くなる一方だし。

「ねえ、チャペック。あの人は母上の父上だけど、ハルヴァラを名乗ってないよね？　なのにどうして、ここで一番エライ人みたいになってるの？」

母上を庇《かば》って殴られたチャペックに、騒ぎが落ち着いた後で僕がそう聞けば、チャペックは一瞬だけ目を見開いて——僕があえて「お祖父《じい》様」と言わないことには触れずに、清々しいまでの笑顔を僕に浮かべてみせた。

「ミカ坊ちゃん……いいえ、ミカ様。貴方様は、物事の本質を正しく見抜く目を持って、お育ちになられました。どうかそのまま、ご成長なさいませ。このチャペック、全身全霊をもって、イリナ様とミカ様にお仕え致しましょう」

チャペックのことは、実はよく分からない。

父上が、仕事で領の外に出た時に勧誘してきたとかで、母上と同じ年だって。

父上や先代の家令パーヴェル曰く、僕が大きくなるまで自分達が健在とは限らないから、裏で中継ぎが出来るように育てるってことだった。

物腰は優雅だし、パーヴェルと違って、彼にカミル・チャペックってフルネームがある以上、多分、平民じゃないはずなんだけど、その辺りはなんにも教えてくれない。

いいのかなぁ、ハルヴァアラで家令の勉強なんてしていて……とは、思ったんだけど、チャペックは「本望です」と微笑《わら》っているだけだし。

父上がいなくなって、母上の父上が好き放題し始めた頃からも、僕は暗に辞めても良いよと言ってあげたのに、チャペックは頷かなかった。

六歳になった頃には、きっとチャペックは母上を好きなんだろうと思うようになったんだけど、さすがにそれは、今でも聞けないでいる。

そんな中で、ハルヴァアラ領が所属しているイデオン公爵家の王都本邸へ、毎年父上が行っていた定例報告書を提出するため、母上と僕が行くことになったと聞かされた。

母上が父上の代理で、僕がいずれ父上の跡を継ぐことを、領で一番えらい公爵様にお知らせに行く。それは分かったんだけど、それに母上の父上が付いて行く意味が、僕はちょっとよく分からない。

母上がするお仕事を、普段から手伝っているチャペックが付いて行くならまだ分かるんだけど。

僕がずっと苦い薬を飲んだみたいな顔をしているのを、チャペックも気付いていたんだと思う。

ある晩、僕はこっそりと厩《うまや》までチャペックに連れて行かれたんだ。

夜は大抵、母上の父上が母上をずっと怒鳴りつけているから、僕がこんな風に出かけても誰も気が付かない。

みんな、僕はもう寝たと思ってる。

でも本当はずっと、夜になると、昼間の家庭教師が言わないような領のことをチャペックがあれこれ教えてくれていた。それでこの日はたまたま、外に連れて行かれたんだ。

そしてチャペックは、馬車の座席の下には、通常、護身用の剣が入っているんだよって教えてくれた。

何かあった時のために、覚えておくといいですよ……と。

それから、そこに、書類の束も隠していた。

「イリナ様がお持ちになるほうの書類に、秘密の伝言を入れておきましょう。イリナ様にも、コヴァネン子爵様にも分からないような、秘密の伝言です」

「……それって、じゃあ、誰が分かるの？」

「イデオン公爵様か、家令のセルヴァンか。あの書類を受け取って、目を通すであろう、どちらかお二人に……ですね」

「分かってもらえなかったら、どうなるの？」

今にして思えば、僕の質問も直球すぎたとは思う。

もっと難しい言い回しをこねくり回して使うのが、高位と呼ばれる貴族だとチャペックだって言ってた。

だけどこの日はもう夜も遅かったせいか、チャペックは困ったように微笑《わら》っただけだった。

「……そうですね。私がミカ様に、もしかすると二度とお目にかかれなくなってしまうかもしれませんね」

僕は心の底からビックリしたけど、チャペックは相変わらずの柔らかい微笑みで、少なくとも公爵様は気が付いてくださいますよ、と言うばかりだった。

父上が、いつも公爵様は素晴らしい方だ、って言ってたからだ——って。

チャペックに二度と会えないなんて、僕も母上も困る。

僕はドキドキしながら、公爵様のところに行ったんだ。

そうしたら公爵様の邸宅《おやしき》には、僕はもちろん多分母上ですら、いるって聞いていなかった女の人がいた。

母上の父上が怒鳴っても、母上みたいにビクリとしないし、一緒に来ていた護衛の部下までまとめて放り出せって言い切るとってもカッコイイ女の人だった。

それに何より、チャペックと同じような柔らかい表情で、母上に声をかけてくれているんだ。

そうだよ、母上はもともと、なんにも悪くないんだよ！

レイナ様、って母上が呼ぶってことは、きっと、彼女は公爵様の大切な人なんだろう。

伯爵代理である母上より上の身分になるってことだもんね。

そんなレイナ様は、多分セルヴァンって家令の代わりに書類を受け取って、じっと目を通していたんだけど――その視線が一瞬だけ、書類から僕に向いた。

きっと、母上も周りの人たちも気付かなかったと思う……そんな、一瞬。

(あ・と・で・ね)

「！」

それから唇が、そんな風に動いたんだ！

絶対、見間違いじゃない。

気付いてくれた！　気付いてくれたよ、チャペック！

公爵様でもセルヴァンって家令の人でもないけど、あの女性《ひと》――レイナ様ならきっと大丈夫だよ！　母上の味方をしてくれるよ、チャペック！

それから、僕たちが泊まるって聞かされていたお宿は、僕と母上には不向きだって聞かされて。

公爵様の部下の人たちの案内で、ハルヴァラの邸宅《おやしき》みたいな所に案内されたんだ。

あ、その間に僕も「レイナ様」って呼んでもいいと許可をもらったよ！

上手く言えないけど、僕と母上が寝るって言う寝台のシーツを、レイナ様と二人で、ばあっ！と大きく広げて、敷いたりするのは、とても楽しかった。

侍女さんたちが、普段はこんな風にしてくれているんだって。

僕も邸宅《おやしき》に戻ったら、今度手伝ってみようかな。

あと、いつも有難うって、お礼も言わなきゃ。

それからすっかりホッとした気持ちになった僕に、レイナ様が言った。

「ミカ君、夕食までちょっと時間あるし、馬車をひいてくれたお馬さんに、エサやりと『お疲れ様』を言いに行こうか」

それからレイナ様が軽くウインクをしてくれた時に、僕は、チャペックから預かった書類を渡す時が来たんだと、内心でドキドキした。

レイナ様にそこまでしていただく訳には……って、母上が恐縮していたけど、顔色のあまりよくない母上に「夕食まででも、少しお休みになられた方がいいですよ」ってレイナ様は言ってお馬さんのいる所まで行けるようにしてくれたんだ。

馬車の座席の下から書類を取り出してレイナ様に手渡した時、多分僕は、人生で一番緊張していたと思う。

秘密の任務を果たすのって、こんなにもドキドキするんだね、チャペック。

ここにはいないチャペックを思いながらレイナ様を見上げていると、そのレイナ様はパラパラと書類を眺め始め、それから途中で手を止めた。

「…………ミカ君」

「はいっ」

レイナ様は、物凄く厳しい表情の後でふわりと笑って、僕の頭に手を置いてくれた。

「お疲れ様、ミカ君。ミカ君はちゃんと、この任務を果たしたよ」

「本当に⁉　僕、またチャペックに会える⁉　チャペック、これを渡せなかったらもう二度と会えないかもしれないって言ったんだよ！」

「…………子供になんてこと言ってんのよ」

ちょっとだけ、レイナ様の表情が怖かった気がしたのは、なんでだろう。

でも、レイナ様はすぐにその表情を拭い去って、また温かい微笑みで僕を見てくれた。

「ミカ君。帰るまでに、お姉さんがそのチャペックに秘密のお返事を書いて、ここに入れるから、今度はそれを、帰ったら渡してもらえる？　お姉さん、ミカ君とチャペックにお願いしたいことがあるんだ」

「分かった！　でも、母上じゃなくていいの？」

「うん。ミカ君のお母さんね、色々あって、だいぶ疲れちゃってると思うから、ミカ君とチャペックで、頑張って支えてあげてほしいなと思って」

「！」

僕は泣きそうになった。

こんなに離れた所にいても、ちゃんと、母上のことを分かってくれる人はいるんだ！

お姉さん、なんてちょっと警戒した言い方をしてゴメンナサイ！

僕もちゃんと「レイナ様」って口に出して呼ばないと！

「僕……」

「ミカ君？」

「僕、頑張るよ。チャペックがね、領主代理をやるには、母上は優しすぎるって言うんだ。ただ、でも、母上はそれでいいんだって。泥は全部自分が被るから、って」

チャペックがそう言った意味が少しだけ分かる。

母上は優しい。でもそれだけにきっといっぱい疲れてしまうことがあるんだ。

チャペックがいつからか少しずつ厳しくなってきたことを思い出しながら、精一杯胸を張る。

「でもね、僕が大きくなったら、領主は僕になるだろうって。だから、キツイことも言うかもしれないけど、頑張れって。僕、今ならチャペックの言ってることが分かる！　僕がしっかりしなきゃダメなんだって」

領主にならなくちゃ。レイナ様のように賢くて、母上を守れるような強い領主に。

僕はちゃんとそんな決意を伝えたつもりだったのに、何故かレイナ様は、半分涙目で僕のことをギュッと抱きしめた。

「……ね、ミカ君。今度一回、チャペック殴っていいかな？」

え、なんで!?

子供でいられる時間、とか聞こえた気もしたけど全部は聞き取れなくて、最後のちょっと物騒なところだけが耳に残ってしまった。

ただ、それもきっと僕のことを思ってくれているからで、そしてそんなレイナ様のことをきっと公爵閣下は本当に大事にしているんだろうな、と思いながら、僕はしばらく温かなその腕に埋まっていた。

第五章　正ヒロインは主張する

イデオン公爵邸へと戻る馬車の中で、ほぼ、どストレートに告白されてしまった。

『私の全てを貴女に受け入れてもらいたいと願っている』

いくらなんでも勘違いのしようもない。

それどころか期限付き、しかも視察と称した旅先で「何か」が起こることが決定されている。

その後ロクな会話も出来ずに、結局一晩寝台の中でのたうち回った末に、私は人生で初めて決断を先送りにしてしまった。

エドヴァルドが謹慎処分を受けるエドベリ王子の外遊終了後まで、目の前の出来事に集中することにしたのだ。

「昨日のお話は……確かにお預かりして、視察前までに検討します……」

朝食時に、私が下を向いたままボソボソと呟けば、エドヴァルドは一瞬だけ目を見開いたものの、やがて柔らかい声で「……そうしてくれ」と、言葉を返した。

うう……ヘタレでごめんなさい。

これが精一杯です。

その後、新人も含めた領防衛軍の面々が、改めて全員でやってきた。

庭で行われる新人稽古も今日で最後だ。

ベルセリウス将軍とウルリック副長は、とても気まずそうだけど。

「す、すまん。昨夜《ゆうべ》はその……邪魔をするつもりではなかったのだ」

「本っ当に、すみません。たっぷりお説教はしておきました」

「あの……余計いたたまれないんで……もう普通に接してください……」

やってしまった、という彼らの顔を見ると、ついでに昨日のエドヴァルドの真剣な表情が蘇ってきて思わず机に突っ伏しそうになる。

そっとセルヴァンに熱い紅茶を差し出されて、私はなんとか正気を保ったのだった。

さて、聞けば〝鷹の眼〟たちによる軍の新人稽古に関しては、軍に入った人間を直《じか》に見る意味もあって、エドヴァルドも見学しているのだと言う。

「実際は、私とお館様とでテーブルを挟んで報告書類を詰めたりもしますが、お館様に自分たちの腕っぷしを見てもらえるって言うのは、それだけで彼らの励みになりますからね。毎年、見学にお付き合いくださっていますよ」

ウルリック副長はそう言って、エドヴァルドと共にアイアンチェアに腰を落ち着けているけれど、ベルセリウス将軍は、それはもう嬉々としてファルコと剣で打ち合っている。

力に勝るベルセリウス将軍の剣を、ファルコが上手く受け流しているのはいいにしても、時々、振り下ろした剣が起こす小さな風が、庭の地面を抉《えぐ》っている。

おかげで私も「庭が破壊される」の意味を、よくよく理解することが出来た。

「旦那様、失礼致します」

そこへセルヴァンがやってきて、エドヴァルドに向かって一礼をした。

「どうした」

「アンディション侯爵様から――先触れが、届きまして」

珍しく、困惑の色を見せるセルヴァンに、エドヴァルドも意識を目の前の模擬戦から、隣に立つ家令へと戻した。

「うん？　報告書の送付ではなく、先触れと言ったか？」

「左様でございます。それがその……明日、自分の代理のご令嬢に定例報告の書類を持って行かせるので、それをレイナ様に受け取ってもらいたいということと、ご自身は明後日、直接公爵邸を訪ねて説明をするから、時間は明日行く令嬢に言付けてもらいたい――と」

「……なんだと？」

「はい？」

伝言内容にエドヴァルドが片眉を跳ね上げていたけど、突然名指しされた私も、思わず声を上げていた。

「報告書類を持って来るのが令嬢で、応対にレイナを名指ししている……と？」

「……そういうことになるかと」

うわぁ……どう聞いても、面倒ごとの予感しかない。

一瞬で頭をよぎったのは、先日の某侯爵令嬢のようなエドヴァルドに恋する令嬢の姿だ。あるいは面倒ごとを押し付けに来る妹の顔。諸々を思い出しかけて、慌てて首を左右に振る。

「えーっと……直接ケンカを売られるとかでしょうか、私」

自分を指さしながら私が聞けば、エドヴァルドが無言で渋面になった。

それに割って入るようにウルリック副長が首を横に振る。

「だとしたら、なかなかに根性がありますよ。今更、お館様とレイナ嬢の間に割って入れるご令嬢など、いやしませんでしょう。それが本気なら、いっそ軍《ウチ》に勧誘したい程です」

なかなかの面の皮です、と感心したように呟いているけれど、こちらとしては感心ばかりしていられない。

「じゃあ、アフタヌーンティーでもしながら、お話を伺いましょうか？」

そう声をかけると、セルヴァンは「それがよろしいかと」と言って、綺麗な礼をしてくれた。

――イデオン公爵領に三つある侯爵家の最後の一つ。アンディション侯爵家。

と言っても、ここもベルセリウス侯爵家同様に自前の領地を持たず、周辺から全ての必要な物品を買い入れている状態だ。

ただしこちらの資金源は、防衛費などではなく、王宮から支給されている王族年金だ。

領主テオドル・アンディション侯爵は、現国王からは三親等以上離れた立場にいる元王族だそうだ。

既に王宮勤めが出来る年齢ではなくなり、臣籍降下をした人だという。

王宮を下がる直前には「テオドル大公」と呼ばれてもいたらしい。

当該王族がいなければ領主が就任もしない特殊な侯爵家であり、時代によっては、館の主《あるじ》が不在の時代もあるのだと言う。

毎年、軍ほどに動く資金も少なく、テオドル・アンディション侯爵自身が慎ましやかな生活を好む為人《ひととなり》だったようで、これまでは代理の家令が報告の全てを取り仕切ってきたんだそうだ。

そんなアンディション侯爵家がわざわざ令嬢を立てて話そうとしていること……予想もつかない。

「そもそもいらっしゃる令嬢がアンディション『侯爵』としての紹介か、元テオドル『大公』としての紹介なのかにもよりますが……いずれにしましても、対応にはちょっとお気を付けいただいたほうが宜しいでしょうね」

セルヴァンはお茶を淹れつつそんな風に答えてくれたけど、肝心のエドヴァルドの方が「どちらでも構わん。そういう話ならもてなす前に叩き出せ。私が許可したと言い切れば良い」と、心底馬鹿馬鹿しいと言った風に話を切り捨てていた。

「ただ……実はまだ、ございまして」

「なんだ」

苛々しているエドヴァルドに慌てたセルヴァンが、懐から封蝋で封印された手紙を取り出す。それからテーブルの上――私の前に置いた。

「こちらのお手紙についてレイナ様に直接お渡しいただいて、返事を頂戴したいと」

「私⁉　えっ……そのアンディション侯爵様と、私これまでまったく接点ありませんでしたよ⁉」

なのに、何故ご指名。

手紙を見る目が、ちょっと気味の悪いモノを見る目になっていたかもしれない。

「……領主以外では、これまでアンディション侯爵との接点を誰もほとんど持っていない。レイナの話が漏れているとすれば——オルセン侯爵か、アルノシュト伯爵か、どちらかの筋だろうな」

これまで公爵邸で私が会った他の貴族は皆イデオン公爵家に好意的であり、ケンカを売ってくるならどちらかだろうと、エドヴァルドは確信しているらしかった。

なんなら彼を取り巻く空気も、ちょっと怖かった。

セルヴァンが沈痛な面持ちで手紙をこちらへと差し出してくる。

「……お読みになられますか、レイナ様？」

「別に無理して目を通さずとも、私がなんとでも揉み消しておくぞ」

セルヴァンとエドヴァルドがそれぞれそんな風に言ってはくれたけど、アンディション侯爵の身分から言っても、無視していいものではない。

「セルヴァン。ペーパーナイフを、お願い」

一度深呼吸をして、私はそう伝えた。

即座に恭しく差し出されたペーパーナイフを受け取って、手紙を大きく破かないように注意しながら、封を開き——現れた、一枚の手紙を開く。

「…………ええぇっっ!?」

開けた瞬間、私はこの世界に来てから、一番と言っていいくらい、大きな声をあげたかもしれなかった。

「レイナ？」

エドヴァルドの怪訝そうな声も、驚きのあまり、どこか遠くに聞こえている。

――それは、シャルリーヌ・ボードリエ伯爵令嬢からの日本語の手紙だった。

シャルリーヌ・ボードリエ伯爵令嬢。

その名前はどこかで聞いたことがあった。

必死に記憶をたどり、それがアルノシュト伯爵夫人が釣書を持ってきていた令嬢の一人だと思い当たる。

そして、彼女が元ギーレン国ベクレル伯爵家のご令嬢で――〝蘇芳戦記〟をギーレンサイドから始めた場合のいわゆる主人公《ヒロイン》であることも。

現時点でアルノシュト伯爵夫人が彼女の釣書を持っていたということは、既に婚約破棄という言わばゲーム上のイベントはギーレンで起さてしまっていて、ヒロインは伝手《つて》をたどり、アンジェス国の親戚であるボードリエ伯爵家に来ることになったんだろう――なんて、勝手に思ってはいたけれど。


この手紙が読めるのであれば、ぜひ私とお会いください。情報交換を切に望みます。

シャルリーヌ・ボードリエこと、四宮《しのみや》みちるここに来て、まさかの日本語!!　しかも日本語の名前までしっかりと書いてある……！

これはもう彼女に対してとぼけるだけ無駄だろう。

レイナ・ソガワなどと言っている時点で、アンジェスにもギーレンにも所縁《ゆかり》がない名字であるのは、明白なのだ。

「……レイナ？」

多分、明後日の方角を向いた私はきっと、不本意極まりないっていう表情だったんだと思う。

彼女に会わないという選択が取れない時点で、初手は取られていると言っていい。

「手紙……なのか？　何が書いてあるのか、私にはさっぱりなんだが」

私の手元を覗き込んだエドヴァルドが、眉を顰《ひそ》めている。

私は机に突っ伏したくなる身体を抑えながら、挙手してエドヴァルドに答えた。

「その……私がいた国の文字、です……」

他の国の文字と言おうにも、恐らくエドヴァルドは、アンジェス以外の主要国の文字は、全て知っているはずだ。

こちらもこちらで、とぼけようがない。

『私がいた国』という意味をこの場では唯一正確に理解したエドヴァルドが表情を変える。

「文字？　これが、か。いや、それよりこれを誰が？　アンディション侯爵に誰が働きかけた？」

「……ボードリエ伯爵令嬢、ですね」

エドヴァルドの記憶が掘り起こされるのに、一瞬、間があった。

それはそうだろう。

アルノシュト伯爵夫人が持って来た釣書の中身など、覚える必要性だって感じていなかったに違いない。

シャルリーヌ・ボードリエの名が脳裡に引っかかったのは、この前私がピックアップしたからに過ぎない。ただシャルリーヌ、アルノシュト伯爵夫妻、いずれもレイフ殿下派閥と思われ、私の脳裡で警告が鳴りやまない。

だんだんと状況が呑み込めたらしいエドヴァルドは私に鋭い視線を向けた。

「……アンディション侯爵がアルノシュト伯爵と繋がっている、と？」

「これが読める貴女は私と会うべきだ――と、要約すればそういうことが書いてあります。……と言うかそれしか書いてないので、もうこの時点で『会う』以外の選択肢がありません。会って探りを入れるしかないかと……」

エドヴァルドが苦い表情になるが反論はしない。

すると、エドヴァルドが私を心配していると取ったのか、ウルリック副長が声をかけてきた。

「我々、ハルヴァラ伯爵夫人とご子息の護衛もありますから全員は無理ですが、一人二人残しましょうか？」

しかしその言葉には、エドヴァルドが緩々と首を横に振る。

「レイナの方から赴かねばならないのなら、そうしてほしいところだが……今回は向こうから来ると言っているんだ。〝鷹の眼〟の連中がいればなんとかなるだろう。そっちもまだ、コヴァネンが我々の与《あずか》り知らぬところで、万一王都でしくじった場合を考えて依頼をかけている可能性がゼロではない。今の人数でハルヴァラ領まで送り届けてくれ」

「お館様がそう仰るのでしたら」

即座に引き下がってくれるのも彼らの優秀さの証だ。

助かる、とわずかな礼を述べてから、エドヴァルドは再び小さくつぶやいた。

「テオドル大公……いや、アンディション侯爵も元王族、容易に本音を読ませない方だから、こちらから探りを入れるというのも、思うほど容易《たやす》いことではない。不本意ではあるが、明日レイナにボードリエ伯爵令嬢に直接ぶつかってもらうしかないだろうな」

テオドル・アンディション侯爵。元王族ということは、フィルバート・アンジェス国王陛下の親戚。

それは確かに、面倒くさそうだ。

柔和で完璧と見せかけておきながら、何人もを事故死に見せかけて殺してしまっていたゲーム内の王を思い出して苦笑する。アンディション侯爵も、きっと同様に本音を悟らせないような為人《ひととなり》であるに違いない。

「あの……じゃあ明日の午後、一階の応接室にティーテーブルを置いて、一対一のお茶会ってことで、返事を出してしまってもいいですか？　多分なんですけど、私の国の言葉で話をする可能性もあるので、団欒《ホワイエ》の間は色々な意味で向いていない気がして……」

わざわざ日本語の手紙を寄越すくらいなのだから、会話だって日本語から入る可能性がある。

可能な限り人払いをした方がいい。そんな気配がひしひしとしている。

「と言っても私、お茶会自体参加も主催もしたことがないので、礼儀作法からしてさっぱりなんですけど……」

家庭教師に少しずつ教わってはいるけれど、まだ他の勉強に比べると遅れている。

正直、お茶会などというイベント事に縁があるとは予想だにしていなかった、というのが実情だ。

「レイナ様、それでは庭園の奥のガゼボでお話をされては如何《いかが》ですか」

若干不安げな私に、セルヴァンがそう助け舟を出してくれた。

「え、破壊された庭の奥で？」

「いえいえ、反対側にある庭の方ですよ」

……すみません。広いですもんね、公爵家の敷地。

頭を軽く下げると、セルヴァンはにこやかに教えてくれた。

「応接室は、警護の面から言って賛成しかねます。特に今回は、いくら相手がご令嬢といえど、来訪目的がハッキリしていないのですから。その点、ガゼボであれば見通しが良いですから、何かあればすぐに警護の者も場に入れます」

これには、私が何かを答えるよりも先にエドヴァルドが頷いた。

「そうだな。ガゼボでの茶会とすれば、対外的にも礼は尽くしている風に取れる。本来であれば、一ヶ月前くらいまでには予定を固めて主催するものだが、そもそも急ぎの面会を希望しているのは、向こうだ。礼儀作法の不備など論《あげつら》えようはずもない。レイナの、今後のための練習台としても、ちょうどいい」

「⁉」

え。何かちょっと今、聞き捨てならないセリフが。

今後のためめって言った？

「左様でございますね。ではレイナ様は、邸宅《やしき》にお戻りください」

「えっ」

「まずは返事をしたためていただいた上で、午後からは食器やテーブルコーディネート、紅茶やお菓子のプランニングといった実地講義をヨンナに行わせましょう。それはもう、張り切って引き受けると思いますので」

「え……っと……あの……」

「諦めろ、レイナ。やる気漲《みなぎ》るセルヴァンとヨンナを止めるなど、私にだって出来はしない。ベルセリウスたちには、帰る前にもう一度挨拶はさせる」

いやいやいや！

やる気を漲《みなぎ》らせちゃったのは、どなたですか！

「我々は、明日はもう王都を離れておりますので、レイナ嬢の雄姿を拝見出来ないのが残念です。またお会い出来るのを楽しみにしております」

ウルリック副長、雄姿って……。いや、お茶会もドレス同様に女性の〝戦場〟なんだっけ。

どうしよう、なんだかヨンナを筆頭に、侍女ご一同サマにまた気合が入りそうで怖い。

頬を痙攣《ひきつ》らせながらの会釈を残して、私は無言のセルヴァンに追い立てられるように、その場を後にした。

そうして予想通りと言うか、明日、アルノシュト伯爵夫人が持参していた釣書のご令嬢が来訪すると聞いた、ヨンナ以下、侍女たちの盛り上がり方は凄かった。

もう途中で、大人しくまな板の上に乗りました。私は鯉になりました。

シャルリーヌ・ボードリエ伯爵令嬢――ホントに、何しに来るんだろう。

✻　✻　✻

まず、正式な茶会の作法に関するレクチャーをヨンナから受けることになった。

曰く、開催の一ヶ月前までに招待状を届けるのが礼儀としては正しく、誰を招くかで主催者の「格」も問われるので、ゲストの選定は慎重にということらしい。

「まあ今回は関係ございませんけれど。でも知っておいて損はございませんから」

きびきびとテーブルの支度をするヨンナに苦笑しつつ、手紙をしたためる。

招待状には主催者の名前はもちろん、日時、場所、ドレスコードを忘れずに書く。

その届けを頼んでから、私はサクサクと実際にガゼボまで連れていかれてしまった。

「あのー、ヨンナ……？」

「なんでございますか？」

主催者はアフタヌーンティーの紅茶やお菓子、食器に至るまでを事前にコーディネートする必要がある。そして満を持しての当日は、主催者がまず一杯目を振る舞い、毒が入っていないことを示すために自らが最初に口をつける。それから家の格や歴史などと共に会場の調度品などについて語った後に、思い思いの会話を楽しむ——と、いうことになるらしい。

マナーの実践かと思いきやまさかの座学に、慌てて脳に流れを刻み込む。

「料理や主催者のおもてなしの力量はもちろんですが、邸宅内で開かれる場合はインテリアのセンスや、使用人たちのハウスキーピングの力量まで見定められます。まさしくこれは戦いでございますよ」

内容を繰り返している私に、ヨンナがにっこりと微笑んだ。そう聞けば、皆の盛り上がりようも、無理からぬことだったのかもしれない。

「明日はこちらの戦闘服で敵を迎え撃っていただきますが、今度旦那様にお願いしまして、ガーデンパーティーや茶会用のドレスもご用意いただきましょう」

……あの、ヨンナさん。戦闘服とか、敵を迎え撃つとか、お言葉がいちいち物騒です。

目の前に置かれたドレスはいつ用意されたのか知らなかったけれど、やっぱり紺青色一色だった。ハイネックでありながら、首の根本から肩にかけて袖ぐりが大きく開いたそれは、肩から腕にかけての素肌のラインが強調され、二の腕を覆う生地がまるでボレロを羽織っているかのような上品さを残している。

ドレスそのものに差し色がない代わりに、ドレスと同じ色の刺繍が地模様のごとくウエスト周りに散らされているため、高級感をこれでもかと煽っていた。

「ヨンナ……これだけでも値段を聞くのも怖くなるから、新しいドレスとかは別に……」

「まあ、何を仰います！　旦那様も仰っていたではないですか！　華美である必要はないが、王都の商人たちの経済を回す意味でも、爵位に応じた衣装を着る『責任』はある――と」

服装に限ったことではなく、最上位に等しい貴族である公爵家が質素倹約を謳《うた》ったりなどすれば、貴族が使う金銭が減った結果平民層に回るお金が減ってしまう可能性がある。

搾取による贅沢は論外にせよ、正規の収入に応じた支出は、ある意味貴族の義務だと……私がドレスの値段に慄いていた当初、エドヴァルドがそんな風に言ったことは確かだ。

うーん、と悩みつつドレスを見ていると、ヨンナがそっと私の肩に手を置いた。

「レイナ様はちゃんと、お衣装代以上の価値を旦那様にお示しになっていらっしゃいます。ですから胸を張って、隣にお立ちいただければよいのです」

「ヨンナ……」

「ということで、一度こちらをお召しになって、それからマナーの練習をしにまいりましょう」

「ええっと、ヨンナ……？」

にっこりと微笑んだ彼女に、それ以上の抵抗はできなかった。ついでに夜は、牽制が必要なのだろう？　と言ってやってきた宰相閣下との戦いがあったとだけ付け加えておこう。


そして、次の日。

茶会と言うか、アフタヌーンティーとして軽食を用意する以上、昼食は取れない。

途中でお腹が鳴ったりしたら、どうしよう……

そんな心配をしつつ、気炎万丈のメイドたちに囲まれる。

そしていったいどこのエステサロンだと言うくらいに磨き上げられた結果、昨日見せられたドレスに追加して少し遅れ毛を残したアップスタイルで、低めの位置にあるロール状のお団子部分には、パールビジューのヘッドドレスが挿し込まれ、同じパールをイヤリングにもしている。

ヨンナ曰く、このドレスには、昼間に他の貴族の邸宅に招かれた時などでも下品にならずに「エドヴァルドの色」を強調する一着……というヘルマンさんのイメージが込められているためそもそも夜会には向いていないそうだ。同時に袖ぐりが大きく開いていて、赤い痕《キスマーク》が嫌でもチラチラ垣間見えるためにシャルリーヌ嬢がエドヴァルド狙いで訪れた際に牽制効果が高いだろうということ。

そして汚れにも強い昼間の外出着であるこのドレスは今日の趣旨にも沿っているだろう――という流れで、今、こうなったらしい。

「ああ、いえ、牽制云々は旦那様の意図であって、ヘルマン様がそれをお知りになれば、ドレスのイメージが台無しになるとお怒りになられるだろうとは思いますが」

エドヴァルドの学園時代の同級生、新進気鋭のドレスデザイナーは、ドレスの着方やシチュエーションにも一家言お持ちと言うことなんだろう。

……いずれにせよもう、鯉はまな板の上で、お茶会本番に備えて大人しくしています。ええ。

「ヨンナ。こういった時は、定例報告の時みたいに、玄関ホールで出迎えるもの？　それとも直接ガゼボで待つもの？」

髪型を少し直してもらっている間に私が聞けば、ヨンナはそうですね……と、少し考える仕種で天井を見上げた。

「身分が高い方などは、一度玄関ホールでお迎えした方が良いかと思いますが、大変親しい方や、逆に、家の中に案内するなんてもっての外！　という方なんかは、直接ガゼボにご案内されても問題はないかと」

だから今日はガゼボで待てばいい——無言でそう主張するヨンナの目は、笑ってない。

シャルリーヌ嬢は後者なんですよね、分かりました。もっての外なんですね。

「旦那様も、もし少しでも時間が空けば様子を見に顔を出すと仰っていましたよ。かなり心配していらっしゃいましたね」

朝食の後のエドヴァルドが、無表情の鉄壁宰相らしからぬ名残惜しそうな空気を漂わせたまま、出仕していったことを、ヨンナは言っているのだろう。

もちろん心配もあるだろうけど、公爵邸に来る目的がまったく分からないから不安が拭えないに違いない。

「……この前の件で、私の信用って今、地の底だもんね……」

「旦那様の『大丈夫だ』も大概当てになりませんけれど、レイナ様も同じか、むしろそれ以上ですからね。無理もないと思います」

私の呟きに、ヨンナは大きく頷いている。

あー……はい、なるべく気を付けて動きます。なるべく。

「レイナ様。では、そろそろお時間も近いですから、参りましょうか。この後のガゼボでは、私どもは少し離れた所で待機をさせていただきます。ご用の際は片手を上げて合図くだされば、お近くまでご用を伺いに参りますので」

「分かったわ。どちらにせよ、アンディション侯爵様からの使者でいらっしゃる訳だから、そうそう失礼なことも出来ないと思うし――習ったことを活かせるように頑張らなきゃね」

そうして私はガゼボで、シャルリーヌ・ボードリエ伯爵令嬢の到着を待った。

令嬢の姿がガゼボに現れたのは、はたしてどのくらいの時間がたってからのことだっただろうか。

私は立ち上がってカーテシーの姿勢をとった。

「ようこそ、ボードリエ伯爵令嬢。私がレイナ・ソガワです。当代〝扉の守護者《ゲートキーパー》〟マナ・ソガワの姉として招きを受け、当国に参りましたが、現在はエドヴァルド・イデオン公爵閣下の覚えもめでたく、こちらで過ごさせていただいております」

「本日はお忙しい中、お時間を割いていただき有難うございます。ボードリエ伯爵家のシャルリーヌと申します」

互いにカーテシーを済ませて、その姿勢から顔を上げると、彼女は今までに会った令嬢たちの中でも誰よりシンプルなドレスを身に纏っていた。

〝蘇芳戦記〟ギーレンサイドの主人公《ヒロイン》であるはずの彼女は、ゲームで見たままの愛らしい顔立ちだ。髪は編み込みでアレンジされていて、意外にも縦ロールじゃない。

そうそう、ラノベのような縦ロール悪役令嬢っていないのかな。

あ、いや、お見合いの件でケンカを売りに来たのなら悪役令嬢ポジになってしまうけど、本来ならヒロインになるわけだから、縦ロールだったら逆に変なのか。

「どうぞ、おかけになってください」

とりあえずグルグルと悩んでいても仕方がないので、私は彼女に椅子を勧め、気後れしないようにと自分から率先して向かいの椅子に腰を下ろした。

「ありがとうございます」

そしてそれを見た彼女も、柔らかな微笑みと共に私に合わせながら静かに腰を下ろした。

シャルリーヌは、それ以上何も話そうとはしなかった。恐らく、ヨンナ達が下がるまで迂闊《うかつ》なことは口にするつもりがないのだろう。

これはもう、いけるところまでお茶会として段取りを進めるよりほかはないと、私は教わった作法通りに最初の一杯目をティーカップに注いで、自分がまず、砂糖もミルクも少し入れた上で、毒見がてら口をつけた。

それを見たシャルリーヌが、儀礼的に自分もそれに倣《なら》う形で紅茶に口をつけ、そこでようやく、お茶会が始まった……という恰好がついた。

それを見届けたところで、ようやくヨンナたちがすすっと下がっていく。

お昼を食べずに待っていた私はとりあえずアフタヌーンティーの定番、三段トレイの下の段にある、小さなサイズのサンドイッチに手を伸ばしつつ、シャルリーヌの方を見つめた。

「どうぞ遠慮なくお召し上がりになってくださいませ、ボードリエ伯爵令嬢。ボードリエ領の名物もそうですけれど、ベクレル領の名物も、こちらの王都に流れて来ている分は取り寄せさせていただいたんですの。お口に合うと宜しいんですけど」

「！」

あなたがギーレンからやってきていることを知っている。そう暗に告げると、シャルリーヌのこめかみ辺りがピクリと動いた気がした。

どうするんだろうと注意深く様子を見ていると、やがて彼女は大きく息を吐き出して、自分も目の前のサンドイッチへと手を伸ばし、再び柔らかく微笑んだ。

『ソガワさんは、日本語話せるんですよね？』

『……そうですね』

おお、意外に直球が飛んできた。

どうせ手紙が読めたと分かっているはずだし、ここはある程度まで、こちらも折れるしかない。

話し言葉に関しては、召喚された際に補正がかかったのか、私にせよ妹にせよ聞き取りが出来てしまい、そのうえこちらが普通に日本語で話しているつもりでも、全て通じてしまっているという摩訶不思議状態。なので手紙はともかく、シャルリーヌが何語を話していても、実はあまり意味がない。

ただ、相手が日本語を話せば、私の返しも恐らくは日本語変換されているだろうし、今シャルリーヌは日本語を話したのだと勝手に私が認識しているだけだ。

そんな私の返事にさらなる確信の光を瞳に宿し、シャルリーヌの視線がこちらを射貫く。

『――そして〝蘇芳戦記〟のプレイヤーだった』

とりあえず、ニッコリと微笑《わら》って肯定の意は返しておいた。

日本語の苗字であることもそうだけど、シャルリーヌの元の姓である「ベクレル」を今の時点で知っていることで、プレイヤーだったことを明かしているも同然なのだ。

さすが隣国ギーレンで王妃になるかもしれなかった令嬢《ヒロイン》だ。

頭の回転も、状況判断も、早かった。

『でしたら、私、貴女にどうしても協力をお願いしたいことがあります』

『……協力』

こちらの予想に反してずいぶんと下手《したて》に出た言い回しだとはいえ、それでもエドヴァルドへの橋渡しを頼まれたりすると、ちょっとなぁ……と思ったのがうっかり顔に出たのか、シャルリーヌはゆっくりと首を横に振った。

『私はそもそも〝蘇芳戦記〟でも〝エドヴァルドルート〟は攻略出来なかったんです。あんな難易度の高いルートに挑んだ貴女を、むしろ尊敬してます』

『……はい？』

『ベクレル家の伝手《つて》で、ボードリエ伯爵家のあるこの国に来てしまった時点で、選択肢は限られるでしょう？　戻りたくないし死にたくもないわけだから、無理ゲーでも攻略に挑むしかないのかと思って、アルノシュトの小母《おば》様からの話にも頷いてはいたんですけど……貴女の存在を聞いて、むしろホッとしていたくらいなんです』

『……え？』

ちょっと待って、理解が追い付かない。

『あの……シャルリーヌ様は……』

『様付けはしていただかなくて構いません。なんなら〝みちる〟と呼んでもらったっていいくらいです』

マナーとしての家名呼びを忘れたくらいには、動揺していたのだと思う。そんな私の言葉に被せるように話し続けていたところで、シャルリーヌはようやく私の戸惑った表情に気が付いたようだ。

咳払いをして一度姿勢を正した。

『私、所謂《いわゆる》転生者なんです。生まれも育ちも、れっきとしたギーレン国ベクレル伯爵家だったんですけど、どうやら前世の日本で〝蘇芳戦記〟にどハマりしていた女子大生だったらしく』

聞けば彼女は、関西でもトップクラスに位置する私立大学に合格していて、まだその大学にも通い始めたばかりだったらしい。そして、講義を受けるために大学へ向かう途中、鉄道の脱線事故に巻き込まれて命を落とし、気付けばギーレンで産声をあげていたそうだ。

『……異世界転生……』

『そう、そうなんです！　……と言っても私がそれを思い出したのが、ベクレルのお母様が亡くなって、お父様が新しいお義母《かあ》様を邸宅に迎えた三歳の時だったので、多分ショックで色々《アレコレ》思い出したんだろうな、と』

その義母が現王妃の親戚筋だったために、気付けば第一王子の婚約者――つまりはヒロインルートへと祀り上げられていたのだと、苦々しげに彼女は言った。

もはや令嬢らしさは掻き消えて〝みちる〟としての表情すら垣間見える。

『私だってね、これでもフラグ回避の努力はしたんですよ⁉　第一王子をもうちょっとお利口に矯正したら正当な婚約者である私とは婚約破棄しないんじゃないかとか、要はハニトラ男爵令嬢と出会わなければいいのだろうと違う学園に入学してみるとか、王妃様のご機嫌をとってさりげなく根回ししてみるとか！』

『な……なるほど』

勢いに押された私は、頷くことしか出来ない。

異世界転生した元プレイヤーと言うだけのことはあって、やはり件《くだん》の男爵令嬢が「ハニトラ」要員だったことは知っていたらしい。

それでも婚約破棄を防げなかったとなると、やはりシナリオの強制力が働いたのだろうか。

そう思って眉を顰《ひそ》めていると、シャルリーヌはさらにこちらがまったく予期していなかったことを叫び始めた。

『それを……っ、それをあの、性悪第二王子がっ‼』

『……はい？』

性悪第二王子――もしや、エドベリ王子か。

『ソガワさんっ！』

『……なんでしょう』

ドン引き状態の私の様子に気付かず、シャルリーヌは、顔を痙攣《ひきつ》らせたままの私を、ずいっと覗き込んだ。

『私は〝エドベリルート〟を攻略するつもりはないんです。ええ、それはもう、これっぽっちも！　ですから、私が他のルートに入れるよう、手を貸していただきたいんですっ!!』

『…………えええぇっっ⁉』

私はまたしても、日本語の手紙を目にした時と匹敵するくらいの、驚きの声を上げてしまった。

パトリック第一王子との婚約破棄から始まる〝蘇芳戦記〟のギーレンサイドのハッピーエンドを、まるっと無視したシャルリーヌの叫びに、私は声を上げずにはいられなかった。

『待って、待って！　この後、外遊で来るエドベリ王子と再会の感動で恋に落ちて、手に手を取ってギーレンに戻るんじゃ⁉』

『あっ、やっぱり！』

当のシャルリーヌの方は、どうやらそこで私もガチなプレイヤーだとの確信を得たらしい。

『やっぱり、そのルートもプレイしてたんですね⁉　だからそれがイヤだから、一緒に考えてほしくて、今日ここに来たんですってば!!』

……うっそぉと、ご令嬢らしからぬ呟きが漏れたのは、勘弁してほしい。

うっかり「ご令嬢」の仮面を吹き飛ばしてしまった。絶対、後でヨンナに怒られる。

落ち着け、私。

つまり、何。

私にケンカは売りに来ていないけど、予定調和《シナリオ》は破壊しに来たと、そういうことで合ってる？

『えぇー……』

私は片手で額を覆った。

いや、ちょっと紅茶を飲みながら、整理しよう。うん。

『ソガワさんは、転生者じゃないですよね？　名前、そのまま日本人名ですし』

動揺しながらティーカップを手に取る私を、じっとシャルリーヌが見つめている。

紅茶をひと口含んでから、あぁ……と、なるべく落ち着こうとゆっくり口を開いた。

『私は、ここの邸宅《おやしき》の主《あるじ》に〝異世界召喚〟された――って、もう、レイナでいいわ。敬語も抜きでお願い。私たち多分、今は同い年だから』

こめかみを揉み解しながら呟く私に、シャルリーヌが大きく目を見開いた。

アルノシュト伯爵夫人が持参した釣書では、シャルリーヌは十九歳だった。

転生者だと言うからには、精神年齢は別ということになるだろうけど、日本で暮らしていたのも十九歳までで、今も十九歳。

同じように大学一年生を少しだけ経験したという点では、そう大きなズレはないはずだった。

もしかしたら日本にいた頃の会話をしようとすると、多少のジェネレーションギャップが出るかもしれないけれど。

『――オッケー、じゃあ私もみちるかシャーリーで！　そっか、召喚！　確か妹さんが

〝扉の守護者《ゲートキーパー》〟なのよね？　当代の聖女サマ』

『二人きりの時でもなければ、みちるはおかしいだろうから、シャーリーと呼ばせてもらうわ。いきなり異世界に呼ばれた妹が、ひとりじゃイヤだってごねて私まで呼ばれたのよ』

大分意訳した理由だけれど、今、重要なのはそこじゃない。

要は妹のついでに呼ばれたということが伝われば、それでいい。

『うわぁ……それはなんというか……』

異世界召喚が、ほぼ「戻れない」ことを前提にしているのは、シャルリーヌにも分かるのだろう。ご愁傷様と言葉を続けなかったのは、それが私をさらに追い込むと分かっている彼女なりの気遣いだ。

私は紅茶をひと口飲んでから微笑んだ。

『今更それは嘆いても始まらないから、もういいの。ともかく妹は〝蘇芳戦記〟の設定資料集しか見ていないから、見た目のみでエドベリルートとフィルバートルートを天秤にかけて、今はフィルバートルートに傾いているみたいよ』

その言葉にシャルリーヌが大きく頷く。

……どれだけエドベリ王子が気に入らないんだろう？

『……ただ私は、それはどっちも遠慮したかったたし、かと言って、一人で生きていけるような術《すべ》もないし……で、なんとか将来自活出来る知識を付けようと思った結果が今のこの状況なんだけど』

『それでエドヴァルドルートに行くのが逆にすごいけどね。エドヴァルドルートの攻略って、夜会とかお忍びデートとか、恋愛イベント系のシナリオ皆無だったし』

感心したようなシャルリーヌ言葉に、苦笑して頭《かぶり》を振る。

『ルートに入ってるつもりは特にないんだけどね……』

『そうなの？　うーん……王宮内とか公爵領下で起きる権謀術数を退けてこそ、好感度が上がると言う、乙女ゲームとはかけ離れたシナリオじゃない、アンジェスサイドって。あれ絶対、国ごとにスタッフ違ったよね？　でもそっか、レイナは乙女ゲーム派じゃなくて、戦略ゲーム派だったんだ。じゃあ、ちょっと納得かな』

うんうんと、シャルリーヌは頷いている。

乙女ゲーム愛好家からすると、まずプレイを始めるのは赤毛の王子様《エドベリ》とのハピエンが控えるギーレンサイドからの人間が圧倒的だ。

アンジェスサイドから始める場合は、いかにこの小国を他国の脅威から護るかという権謀術数渦巻く世界が開幕してしまうからだ。

夜会？　お茶会？　何それ美味しい？　と、なってしまう。

ゲーム〝蘇芳戦記〟が戦略シミュレーションゲームの側面も持つと言われる原因の一端だ。

ただシャルリーヌの言葉には語弊がある。まるで私がそんな物騒な世界に飛び込みたくて、エドヴァルドのところへ行ったみたいじゃないか。

『別に私はゲームの攻略を考えていた訳じゃなくて、たまたま――』

『だからでしょ！　逆に狙って近付いていたら、今頃見向きもされてないんじゃないの？』

思わず私は、シャルリーヌから視線を逸らしてしまった。

それはちょっと自分でも……思わなくもなかった。

自業自得で嵌《は》まりかけているのかもしれない、と。

『アルノシュトの小母様《おばさま》が、釣書は受け入れてもらえなかった……ってお詫びに来られた時に「わざわざ自分の髪と瞳の色のドレスを着せて、キスマークを見える位置に付けて、貴女が〝自分のもの〟だって言う、自分達への牽制が、背筋も凍るくらいに凄かった」って、仰ってたもの。今こうして目の前で見ていても、さもありなんだわ』

『……っ』

感心したようにこちらを見るシャルリーヌにいたたまれなくなって、形勢不利を悟った私は、さっさと話題を切り替えることにした。

『そ……れより、ボードリエ伯爵家って、アルノシュト伯爵家と親しかったの？　それにどうして、アンディション侯爵様のお使いなんて役目を、シャーリーが割り当てられたの？』

『ああ、それは……少し前に、レイフ殿下のご正妃様主催のお茶会があって。あ、私は行ってないのよ？　ボードリエのお義母様《かあさま》の年代の方ばかりを集めたお茶会で――ほら、日本でも親同士の『代理婚活』ってあったじゃない？　そういう趣旨で開かれたお茶会だったみたい』

シャルリーヌの言葉に、私は思わず『へえぇ……』と、素で感心した呟きを漏らしてしまった。

文明の利器に事欠くこの世界では、それも悪いことではない。

主催者だけ聞くと曰くありげだけれど、内容はいたって健全だ。

『ただ私ってばほら、どうしても〝ギーレンで婚約破棄された令嬢〟っていう不名誉な話が付きまとうでしょう？　だからなかなか、まとまらなくて。その場にいらっしゃってたアルノシュトの小母《おば》様が、その日にまとまらなかったご令嬢ご子息の釣書を、私の分も含めて全てお持ち帰りになられたのよ。他でも機会があれば、薦めてくるからって、仰ってくださって』

その結果が、あの釣書の束かと、それはそれでちょっと納得した。

あれは真剣《ガチ》で〝世話焼きおばさんが縁結びします〟って感じだったもんなぁ。

『多分それで、公爵様の所にも話がいったんじゃないかな。公爵様ほどの方なら、そんな噂はものともされないだろうし、今あまり仲がいいとは言えないレイフ殿下派の貴族達とも、繋がりが持てるチャンスなんじゃないか――って、小母《おば》様なりに思われたんだと思うわ』

外から話を聞けばとてもいい人に思えるのに、実際に相対すると、精神がガリガリと削られる摩訶不思議。

頷きつつも、遠い目になってしまう。

『まぁ、こういう言い方もアレなんだけど……〝私は皆に感謝されることをやってるんです〟アピールが凄かったから……人によっては嫌悪されるんじゃないかなぁ……』

思い出すとぞわっとしてしまう。そんな私を見たシャルリーヌもちょっとは理解出来るといった感じだった。

『お見合いオバサンは、多少押しが強くないと――って感じなのかもね』

『うん、まあ、そうね。それで、ちょっと話を戻してもいい？　ボードリエ家とアルノシュト伯爵夫人との関わりは分かった。じゃあ、アンディション侯爵様は？　領地からさえも、滅多に出られることがないって聞いたんだけど』

私がそう尋ねれば、今度はシャルリーヌの方が、ついと視線を逸らした。

あ、なんだかちょっとイヤな予感。

『……シャーリー？』

『えーっと……ちょーっと〝シャルリーヌ・ベクレル〟の名前で、アンディション侯爵様にお手紙なんか書いたりしたかな？』

『つまりは、アンディション侯爵様と言うよりは、テオドル大公殿下の伝手《つて》で、アンジェス国からも離れて、バリエンダール国に逃がしてもらおうとしたのね？』

『えへ』

舞菜《いもうと》じゃなくても、他人の〝てへぺろ〟は、結構腹が立つものらしい。

半眼で黙っていると、シャルリーヌは言い募るように言葉を重ねる。

『だって時期的にそろそろエドヴァルドルートだと、レイフ殿下派からの接触が入っている頃かなー、って思って。そうしたらあわよくばレイフ殿下の叛乱の隙に、私ごとバリエンダール国あたりに紹介して逃がしてもらえないかなぁ……なんて、思ったりした……かも？』

シャルリーヌの立場では、現時点でのエドヴァルドが機密情報の漏洩疑惑のシナリオに進んでいるのか、亡命暗殺のシナリオに進んでいるのかの判断は難しかっただろう。

ただどちらにせよ、基本的に〝主人公《ヒロイン》〟の立場にいるシャルリーヌに、身の危険が及ぶことはないはずだ。

では何から逃げるのか？　それはヒーローであるはずのエドベリ王子からに決まっていた。

そしてアンジェスに留まれない場合を考えた時に浮かんだのが、バリエンダールだったんだろう。

バリエンダール。

ゲーム〝蘇芳戦記〟内における、アンジェス、ギーレン双方から、海を隔てての向こう側にある海洋国家。

――と言うか、だ。

『ねぇ。って言うか、そんなにエドベリ王子から逃げたいの、シャーリー!?』

困る。二人で手に手を取って、ギーレンに帰ってくれないなら、確実にシナリオが狂う。

ましてバリエンダールなどと、そもそもアンジェス国が絡むルート上にはない。

私に、どうしろと。

困惑もあらわな私に対してのシャルリーヌの返答も全力だった。

『逃げたいのよ！　イヤに決まってるわ、あんな粘着質な性悪!!』

……ねえ。いったい、ベクレル伯爵令嬢時代のシャルリーヌに何をしたの、エドベリ・ギーレン第二王子サマ。

「――紅茶のお代わりをいただきましょうか」

一瞬言葉を戻して、ちらりと視線を上げると、どこから見ていたのかすぐに新しいお茶が運ばれた。

湯気の立つお茶をひと口含んで、息を吐き出す。落ち着け、私。

また侍女たちが離れていったのを見届けて、私はさあ続きをどうぞ、と首を傾げた。

シャルリーヌも、自分がヒートアップしていたことに気付いてか、同じように紅茶を口に含んで、少しの間を置いた。

『あのね、まあ半分は愚痴になるかもだけど――』

シャルリーヌによると、彼女は第一王子《パトリック》と婚約をした頃から、王宮に王妃教育に通ったり、学園に通ったりしていたそうだ。

そしてその期間中しょっちゅう、どこからともなくエドベリ王子が現れては、自分が第一王子のフォローをしようとするのを、ことごとく邪魔していたらしい。

『おべっかばっか言ってるロクでもない「ご学友」で王子の周りを囲ませるわ、市井《しせい》をその目で見ておかないと、とか言い含めて、わざわざ帝王学の勉強の日に、そいつらにお忍びで城から連れ出させるわ、ハニトラだって、男爵令嬢が初めてじゃないもの!』

『そう……なの?』

それは知らなかった。

『閨《ねや》教育がどうのと言って、どこぞの未亡人送り込んでるのよ!? そりゃ、うっかり引っかかる方がバカだって言われたら、それまでだけど! 挙句に婚約破棄騒動の直後に「私を選べば、その王妃教育はムダにならないよ」って、人のコト馬鹿にしてるとしか思えないわ!』

『いやぁ……まぁ……』

見事なヤンデレ、強引ヒーローだ。

それはそれで「鬼畜王子は婚約破棄された令嬢を溺愛する」とかなんとか、タイトル付ければTL小説が一本書けそうな気がする。

再びヒートアップ状態になった彼女には、冗談でも言えないけど。

『こっちはアンタが全部糸を引いて、パトリックを追い落としたの、知ってるってのよっ！　私が王妃の地位欲しさにしがみついていたとでも思ってたワケ⁉　あの男だって結局、女を馬鹿にしてるのよっっ‼』

シャルリーヌはついにテーブルに手をついてそう叫んだ。

ああ……そうか。

乙女ゲームのストーリーには、令嬢がカケラでも王子に恋心があると言う大前提が必要だ。

それがないから、粘着質。

たとえエドベリ王子が、シャルリーヌに気があったのだとしても。

そもそもの前提からして、噛み合っていない。

――と、思っていると、ポイっとカナッペを口に放り込んだシャルリーヌは、私の表情から何かを読み取ったのか、叫んでちょっと落ち着いたのか、ヒラヒラと片手を振った。

なんだろう。学食で日常会話をしている感覚？

少なくとも、ドレスを着たお嬢様のお茶会でないことは確かだ。

口の中からカナッペが消え、ふうっとひと息ついた頃には、シャルリーヌのヒートアップもすっかり収まっていた。

『そもそも、王妃様にしろエドベリ王子にしろ目当ては私の魔力。私自身なんて、どうだっていいのよ』

『魔力？　シャーリー、魔法使えるの？』

『訓練もしていないし、専門学校にも行ってないから、意図して使えるワケじゃないのよ。ただ、保有している魔力量が桁違いらしくて。ギーレン王家としては、万一の時の予備に、手元に留めて置きたいんでしょうね』

予備と強調された言葉に、一瞬遠い目になる。そんな私の表情を横目にシャルリーヌは再び紅茶に口をつける。

『――だから婚約破棄の後に私がエドベリ王子の手を取らなかったのも、アンジェスの親戚宅に養女として出ちゃったのも、ギーレン王家としては、予定外で困ってるってワケ』

伯爵家と言う家柄の不利を補って余りあるほどの魔力量。王家に望まれるほどの逸材。

さすがのヒロイン補正と言ったところだろうか。

でも彼女自身がヒロインを望んでいないならば、確かにその高い能力はなんの役にも立たないだろう。

『まあ、そりゃ予定外だったでしょうね……』

『うん。でもアンジェス国も、先代の〝扉の守護者《ゲートキーパー》〟が殺されて、次の守護者を探すのに苦労した結果、妹さんを異世界召喚したでしょう？　予定外ばかりよ』

ゲームシナリオの波瀾万丈さは、現実に落とすと無茶振り塗《まみ》れということになってしまう。

苦笑しつつ、私はふと思い出したことを口に出した。

『そういえば、そのアンジェスの先代〝扉の守護者《ゲートキーパー》〟を殺した容疑者に、ギーレンの関係者の名前も挙がってるって聞いてたけど』

『ああ、それね……』

するとシャルリーヌはふいに声の調子を落とし、膝の上にあった扇を広げたかと思うと、ヨンナ達からは見えないように、顔を隠した。

私もなんとなく、シャルリーヌにつられて扇を口元にあてながら、ヨンナ達に背中を向けるようにして、聞く姿勢を見せる。

この辺はちょっと、貴族のご令嬢の会話っぽい。

たとえ内容が物騒でも。

『本当のところギーレン側は〝扉の守護者《ゲートキーパー》〟を殺すんじゃなくって奪いに行ったのよ。当代がアラフィフに差しかかって、維持に不安があるって、ここ何年か言っていたから。ところが私が婚約破棄の後、国を出たでしょう？　それでちょっと、王家に欲が出たみたいで』

『欲』

『現役の〝扉の守護者《ゲートキーパー》〟をギーレンにかっ攫って、アンジェスの〝扉《ゲート》〟には私を、次期国王との相手として娶らせることで配置すれば、あれ、結構簡単にアンジェス併合出来るじゃん……的な？』

もちろん、次期国王とは、現アンジェス国王のフィルバート・アンジェスのことではないだろう。

私は思わず目を見開いて、息を呑んだ。

『あ、これ、ガセネタとかじゃないよ？　お義父《とう》様が圧力かけられてたの、立ち聞きしたから。どうやら最初は〝扉の守護者《ゲートキーパー》〟を王宮から誘拐した時点で、レイフ殿下の派閥連中がフィルバート国王に引責辞任を迫って退位させるって目論《もくろ》みだったみたい』

そう言ってシャルリーヌは、さも気持ち悪そうに自分の腕を抱きしめながらさらに言葉を紡いだ。

『そこからさらにエドベリ王子が乗っ取りをかけるのは容易《たやす》いだろうってなって、最終的には私をエドベリ王子の妃として……とか聞くに至っては、もう、鳥肌がたったわよ！　またお前か！　って』

『待って待って、ちょっと整理させて！　そもそもアンジェスの先代〝扉の守護者《ゲートキーパー》〟って――』

『そこが、ややこしいところなのよ！　先代〝扉の守護者《ゲートキーパー》〟を殺したのは、実はギーレンに渡すことを拒んだアンジェスの国王陛下だって話』

息を呑んだ。一瞬頭に喰えない笑みを浮かべたフィルバートが浮かんで、慌てて頭《かぶり》を振る。

『ボードリエ家も、無理矢理誘拐の人手を提供させられてたみたいだけど、その彼らがお義父《とう》様に「事の善悪はともかく、陛下の行いでギーレンの目論《もくろ》みがいったん崩れたことは間違いないかと……」って言ってたもの！』

あの……ボードリエ伯爵。

義理の娘に立ち聞きされまくってますけど、大丈夫ですか？　機密保持。

『……でも多分宰相閣下は、それ、知らない……』

少なくともエドヴァルドは、先代襲撃犯はギーレンの手の者かレイフ殿下派閥の誰かだと思っているはずだ。

『深夜の出来事じゃ、駆け付けた時にはもう襲撃者も去った後で、陛下もなんとでも言えたんじゃ？』

『あぁ……まぁ……それにあの陛下だと、やってのけてもおかしくはない……って言うか、レイフ殿下の叛乱フラグ、一度立ちかけてたんじゃないの、それ！　叩き折ったのが、他の誰でもない国王陛下ってだけで！』

フィルバートは、国王だ。まだ第二王子でしかないエドベリと異なり、次の〝扉の守護者《ゲートキーパー》〟を、命じて探させる権限がある。

己を追い込む存在となりかけている〝扉の守護者《ゲートキーパー》〟を手にかけることくらい、躊躇なくやってのけるだろう。

彼は、そういう王だ。

その点は、エドベリ王子よりも遥かに非情だ。

私と同様に〝蘇芳戦記〟のプレーヤーだったシャルリーヌも、やっぱりそれを「まさか」とは言わず、向かい側で深く頷いていた。

『多分、そこでシナリオ補正がかかって、妹さんが召喚されちゃったんじゃないかと思うのよ。新しい〝扉の守護者《ゲートキーパー》〟を入れないことには、どのシナリオも膠着しちゃう訳だから』

『そっか。シャーリーにしたら、ただ〝扉の守護者《ゲートキーパー》〟が交代しただけで、エドベリ王子が裏から乗っ取りかけてきて、最終的に奥さんになるルートは残ったままなワケか……』

『そうよ、それが今まさに死活問題なワケ！』

シャルリーヌは、拳《こぶし》をグッと握りしめている。

ようやく状況が理解できた。フィルバートのことを含めて予想外の内容はあったけれど……

『それにしてもボードリエ伯爵はずいぶんシャーリーの意思をしっかり尊重してくれるのね？　普通だったらエドベリ王子の妃なんて諸手《もろて》で賛成されそうだけど』

『お義父《とう》様はパトリックとの婚約破棄で、既にギーレン王家には不信感をお持ちだわ。だからアンジェスの国王陛下にしろ宰相様にしろ、ギーレン王家よりは……って、思っていらっしゃるの。だけどいきなり国王陛下に縁談を持ち込める程の伝手《つて》はお持ちではなかったから――それで多分、アルノシュトの小母《おば》様から、宰相様のところに』

そこでシャルリーヌは、私をチラッと見て、苦笑いを浮かべた。

『けどアルノシュトの小母《おば》様からはその後「レイナ嬢がいるからまず無理ね。側室さえ拒否する入れ込みようでしたもの」って聞いたから、じゃあ、次の手を考えなきゃな……って』

……アルノシュト伯爵夫人、ぶっちゃけて報告しすぎです。

私は咳払いをして、そこはスルーすることにした。

『その次の手が、アンディション侯爵様？』

『お義母《かあ》様が教えてくださったのよ。臣籍降下してアンディション侯爵を名乗っていらっしゃるけれど元々は王族の方。国王陛下への伝手《つて》はもちろんおありだろうし、外遊経験も豊富。特にバリエンダールには今も強いパイプをお持ちのはず……って。それで、お手紙を』

そこまで言って、シャルリーヌがハッとしたようにこちらを見つめた。

『いや、何もいきなりバリエンダール行きを考えてたワケじゃないのよ？　ただ、レイナの妹さんが陛下を狙って王宮にいるなら、やっぱり私はバリエンダールかしら？　って思っただけで』

『……シャーリー、行動力は凄いけど、案外平和主義？　無理矢理奪うとかって発想にはならないんだ』

意外に思って視線を向ければ、彼女はちょっと不満げに頬を膨らませていた。

『一応ヒロインポジションなんだから、そんな悪役令嬢みたいな真似はしないわよ。って言うか、他人から奪う場合は、自分も奪われる覚悟をしなきゃだからね。そんなのゴメン被《こうむ》るわ』

『まあ確かに、それで転んだ男は、また他に転ぶ可能性があるってことだものね』

『そういうこと！　それにレイナの場合は、見るからに無理そうだから、もう諦めたのよ。陛下ルートは……妹さんの攻略度次第？　くらいには、まだ思ってるけど』

『えっ、監禁エンドでもいいってこと？』

私は目を丸くして、目の前の転生令嬢を見つめてしまった。

フィルバートルート＝監禁エンドと言うのは、プレイヤーの共通認識と言ってもいいバッドエンドだ。

いや、人によってはバッドエンドと思わない場合もあるだろうけど。

そう思ってシャルリーヌを見れば『何言ってんのよ！』と、叱られてしまった。

『ちゃんとノーマルエンドだってあるじゃない！　むしろ粘着質よりよっぽど、ノーマルエンドで「同志」的に国を支えていく方が平和でいいじゃない！』

そうだった。

そもそもフィルバートルートにあるのは、監禁エンドかノーマルエンドの二択だった。

――ハッピーエンドは？　という問いには答えられない。

どんなゲームだ。

『あ、ごめん。妹が監禁エンドにハマりかけてるっぽかったから、つい』

アンジェス国当代国王フィルバート・アンジェス。

ゲーム設定上の彼から基本的に「良心」や「倫理観」「共感性」は欠落している。

しかも他人にはそれを悟らせず、いざと言う時の切り札にすべく、にこやかに振る舞っている。

理解は出来ても、共感はしない。

結果さえ出せるなら、手段は問わない。

常に刺激に飢え、自分の目的を達成するためなら、平気で他人を操る。

サイコパスと言ってもいい性格の持ち主だ。

とはいえ人の上に立つ、王としての能力は図抜けていることには違いない。……困ったことに。

『なるほどそっか、国王陛下《フィルバート》に「恋愛」を求めず、純粋にエドベリ王子の楯となることを求めるなら、一番有能な人物になるかもってコトか……』

そんな風にしみじみ呟いた私を、シャルリーヌが興味深そうに見やった。

『レイナ、ちなみに大学はどこだったのかを聞いても？』

『……東京にある、赤い門が有名な大学？』

『……うわぁお。道理で巷《ちまた》の貴族のお嬢様方とは会話が違った訳だ。妹さんも？』

『妹《アレ》は、まあ……地方の名門お嬢様大学。私とは将来の方向性が違ってたからね』

具体的に言わずとも『赤門』の方はそれだけ有名なのだろう。

案の定、妹の大学に関してはそれほど追及されなかった。

『シャーリー……この場合は、みちる？　みちるも、西の私学の雄でしょ、大学。創設者の奥様は確か大河ドラマのヒロイン。充分だと思うけど』

うっかりしていたけれど、大河ドラマに関しては、どうやら「四宮みちる」としては既に事故で亡くなってしまった後の話だったらしい。え、会津藩の男装令嬢が大河ドラマ⁉　と、ひどく驚かれてしまった。

ただ、鉄道脱線事故の路線からあたりをつけてみたのだ。なんとなくそんな話があったような気がしたのは間違いではなかったらしい。

シャルリーヌは、軽く肩を竦めていた。

『まぁ、なんだろう。ちゃんと会話になるのが、これほど嬉しいこともないわよね。毎日毎日、やれドレスだ宝石だって、お嬢様方との会話は、退屈極まりなかったもの。ちょっと今、ボードリエ家の立場が微妙なんだけど、私としては、レイナとは友達になりたいわ。エドベリルートの回避に手を貸してほしいって下心がないとは言えないんだけどね？』

会話になる。

シャルリーヌの言いたいことは、分からなくもないと、私も思ってしまった。

『そうね……イデオン公爵家とボードリエ伯爵家って、今、表立って交流しづらいわよね……私も、向こうのこととか普通に話せる友達って、ちょっとホッとするのは確かだけど……』

私の呟きを、シャルリーヌの方は聞き逃さなかった。

『ホント!?　よかった、嬉しい！　実はアンディション侯爵様からの手紙は、レイナが友達になってくれそうだったら渡そうと思ってたのよ！』

『え？』

『侯爵様にはね、私が〝予知〟能力のある魔力持ちだって、お話ししたの。ギーレンにいたら知るはずのないアンジェスの事件を幾つか説明したら、最終的には信じてくださって』

確かに「前世の記憶が……」などと言い出して、すぐに信じるのは、ラノベやマンガを読んだことがある人間くらいだ。

魔力がある以上、魔女の存在の方が余程受け入れられそうだ。

『それで、今の〝扉の守護者《ゲートキーパー》〟が狙われる可能性と、国そのものが乗っ取られる可能性をお話ししたら国王陛下はあまりご自身が狙われることに頓着されないから、現聖女の姉である貴女と、保護者であり国王陛下の懐刀でもあるイデオン宰相とに、まず伝えるほうがいいだろうって。とりあえずバリエンダールに行くのは最終手段にしなさい――って』

そう言ったシャルリーヌは、扇を閉じると、隣に置いていた書類を私へと差し出した。

『あっ、領の報告書類は今頃、玄関ホールの方でアンディション侯爵邸の家令が、公爵邸《ここ》の家令に渡しているはずよ』

『そっか……まあ、普通、私が読めるから預かるとは、思わないものね』

『えっ、レイナ、税の報告書とか読めるの⁉』

『三年生以降は経済学部進学希望で、一応在学中の国家公務員I種突破を狙ってた』

自分を指差した私に、ひゃぁ……と、シャルリーヌは大仰に顔を顰《しか》めていた。

『私は文学部文化史学科だったの。だから多少は〝蘇芳戦記〟の世界観も呑み込みやすかったかな……っていうのはあるんだけど。レイナほど実践で役立ってないなぁ』

『意外と地方領政に活かせそうな歴史事件とか国家形態とかはあるから、相手が耳を傾けてさえくれれば、シャーリーももっとやりがいのあることが出来るんじゃないかな』

そう言った私に、ちょっとシャルリーヌは羨ましそうな声をあげた。

『そっか……さすが攻略度最難関の宰相閣下は、結果が全てで、女は邸宅《やしき》で社交してろー、とかは頭ごなしに言わないんだねぇ』

『……確かに、かなり好き勝手させてもらってるとは思うけど……』

いや、そもそも言わせなくしたのは、自分だ。

そこは素直に頷きづらいので、こちらからは話を広げないようにしておく。

するとその空気も読んでくれたのか、特にシャルリーヌは突っ込んでこなかった。

有難くそのままアンディション侯爵からの書類――というか手紙に目を通す。

『ああ、アンディション侯爵様は、私とシャーリーが今後会って話す時には、自分の邸宅《やしき》と名前を使えばいいって仰ってくださっているのね。私は侯爵様がレイフ殿下の方に付くって話なのかと思ってたけど、逆なんだ……』

テオドル・アンディション侯爵にとっては、あくまで狙われているのは〝扉の守護者《ゲートキーパー》〟である舞菜とフィルバートで、彼らを守るために私やエドヴァルドが動く前提での、場の提供のようだ。

私にとっての最終ゴールはエドヴァルドを死なせないこと。その障害になっているのが、レイフ殿下の叛乱だったけれど、高位貴族が一人でも、敵ではないと旗幟を鮮明にしているのは、悪い展開じゃない。

先代〝扉の守護者《ゲートキーパー》〟がフィルバートに殺されていたのが事実だとすればさすがにそれは予想外だけれど……まだ、どうとでも動けるはずだ。

『とりあえずシャーリーとしてはエドベリ王子の手をとって帰る羽目にならなきゃいいのよね？フィルバートルートにも固執していないし、逆にノーマルエンドなら、フィルバートルートでもいい、と』

私の言葉に、シャルリーヌは物凄い勢いで首を縦に振っている。

『なんならモブキャラのどこかの跡取りとかでも、全然オッケー。あまりボードリエの義父母に迷惑かけたくないしね。海を渡る必要があるバリエンダールはホントに最終手段のつもりなのよ』

『いいご両親なのね、ボードリエ伯爵夫妻って』

『ちなみにベクレルでも、どちらもイヤな思いとか全然してないから』

ちょっと誇らしげにギーレンの両親について胸を張ったシャルリーヌに、少しだけ胸がうずいた。

『そっかぁ……それはちょっと羨ましいな』

『レイナ？』

『ううん、なんでも。とりあえず、シャーリーの望みは分かった。エドベリ王子の狙いも、漠然とは分かったから、ちょっと考えてみる』

『ホント⁉』

『ちなみにこっちはこっちで、宰相閣下の亡命と暗殺エンドを避けたい訳だから、無条件でシャーリーの希望を聞くかは約束出来ないよ？　そもそも王宮で叛乱《クーデター》が起きたら、絶対誰かが責任を取る必要が出てくるんだから』

『分かった、じゃあその時は皆でバリエンダールに行こう！　目指せ究極のシナリオ改変！』

『いや、じゃあ――の後が、ちょっと荒唐無稽ですけど⁉』

『残念、ノッてくれなかったか』

『……ちょっとグラっときたのは否定しないけど』

食い扶持も伝手《つて》もお金もない、召喚直後の状況なら無理と断言出来ただろうけど、アンディション侯爵の口利きがあり、シャルリーヌという同行者が確定となるのなら――実はそれほど、荒唐無稽な話ではない。

『いよいよ、どうしようもなくなったら、私もシャーリーと行こうかなぁ、バリエンダール』

『あ、ホント⁉　私もレイナが一緒なら心強い！　……って、宰相閣下は？　いいの？』

『もちろん、彼の亡命・暗殺エンドに繋がるフラグは叩き折るけど？』

『そうじゃなくて』

シャルリーヌの言いたいことは分かっているので、とりあえずフイと視線を逸らしておく。

『ちょっと色々あって――保険が欲しいのよ、私も』

『うわぁ、その先、お酒飲みながらパジャマパーティーとかして、聞きたいわぁ』

『シャーリーのエドベリ王子評ほどのインパクトは、ありません！』

「――レイナ」

ニヤニヤと笑うシャルリーヌに思わず叫び返した時、いつからそこに――という別の声が、突然割って入ってきた。

「ぴゃっ⁉」

いやぁっ⁉

バリトンボイスで、ご令嬢に威嚇の猛吹雪をぶつけて牽制かけるのはやめてください、宰相閣下⁉

エドヴァルドが羽織っているコートはカフが大きく、ウエスト両脇から後ろ裾にかけてプリーツがたっぷりとたたまれていて、孔雀のようなペイズリーのような地模様が、生地全体に透けている。

同柄のウエストコートは腰が隠れるほどの長さがあり、スラックスの地模様も同じ。

ボタン留めや袖口の凝った刺繍は、金の糸で施されている。

恐らくは、王宮から戻ったそのままの格好で、ガゼボに来たようだ。

『レイナ……静止画《スチル》じゃない実物の宰相閣下、めっちゃイケメンじゃない……フィルバート国王にもエドベリ王子にも負けてないって……』

『……ノーコメントにしてくれない……？』

うっかり見惚《みと》れたとか――この場では、ちょっと言えない。

特にシャルリーヌには。

『しかもなんて言うか……溺愛？　いや、偏愛？　その辺の石ころみたく私を見た視線と、レイナを見ている視線の違いが凄すぎて――』

『ああ、もう、聞こえない、なんっにも聞こえない！』

思わず両手を耳にあてた私の手を、エドヴァルドの手が後ろからそっと掴んだ。

「茶会は順調なのか、レイナ？　不都合があるなら、ヨンナに言って直させるが」

しかも耳元で囁くとか、多分シャルリーヌへの牽制かつ嫌がらせだ。

同時に私のＨＰも、がっつり削られてるんですが！

「だ……大丈夫です！　色々、それはもう色々と、お話が聞けてます！　あのっ、後でちゃんと説明しますけど、ボードリエ伯爵家自体は、向こうの派閥じゃなかったみたいなので！」

一応、レイフ殿下の名前を避けた私の意図は、エドヴァルドも察してくれたようだった。

私、エドヴァルド双方の視線を受けたシャルリーヌは、扇をパラリと広げて、優雅に――もとい、明らかに楽しそうに、微笑んでいた。

このあたり、動揺しまくりの私と違い、さすがギーレンで王妃教育を受けていた令嬢だ。

この場で最も高位にあるのは公爵家当主であるエドヴァルドなので、すぐに扇を置いて立ち上がると、声は発しないままカーテシーを見せた。

それを受けたエドヴァルドが、氷点下を思わせる声で答えている。

「イデオン公爵家当主エドヴァルドだ。アンディション侯爵家の家令が持参した書類は、先ほど当家の家令が間違いなく受け取った。明日の件だが、午後二時に当家にお越し願いたいと、侯爵には伝えてもらいたい」

「ボードリエ伯爵が娘シャルリーヌでございます。本日は急な申し出であるにもかかわらず、レイナ嬢との面会を許可くださり有難うございました。おかげさまで、大変有意義な時間を過ごさせていただいております。公爵様からの伝言、確かに承りました。戻りましたら、侯爵様に伝えさせていただきます」

エドヴァルドは完全に表情を消したまま軽く片手を上げて、シャルリーヌのカーテシーを解かせる。

エドヴァルドの標準装備な表情とも言えたが、明らかに余計な期待を持たせないように振る舞っていた。

「レイナ。書類に関しては、今日この後私が軽く目を通して、向こうの家令とも話をしておく。恐らくまた王宮に戻ることになるだろうが、貴女も今日は、遅い夕食の方が都合がいいだろうから、続きは夜に話そう」

「あっ、はい、承知しました」

答える私の目を、エドヴァルドがじっと覗き込んでいる。

「あの……？」

「本当に大丈夫か？　今、何か困ったりはしていないか？」

「……っ」

ああ、もう、本当に私の信用、今、地の底だ！

経緯を知らないシャルリーヌは、慌てて扇をまた口元にあてているが、目が、面白がっている。

今にも笑いだしそうな空気がダダ漏れだ。

これはとっとと、エドヴァルドを下がらせたほうが良い、絶対！

「大丈夫です！　何かあったら、ヨンナに言うか、多分その辺りに潜んで警護してくれてる誰かを呼びますから！　今のところは、何も困ってないです!!」

今のところは何も——のあたりを力説した私に、エドヴァルドがちょっと怯《ひる》んだ。

大丈夫じゃなかったら、ちゃんと申告すると言っていることの裏返しであり、今も無理はしていないと、同時に主張をしているからだ。

これ以上「本当に大丈夫か」を連呼させないための言い回しに、さすがのエドヴァルドも反論に窮したようだ。

「分……かった。ではボードリエ伯爵令嬢、慌ただしくて申し訳ないが、私はこれで失礼する。いや、そのままで結構」

再度立ち上がりかけたシャルリーヌを制するように、クルリと身を翻したエドヴァルドの後ろ姿は、その態度だけを見れば、噂通りの鉄壁宰相そのものだった。

けれどその姿が、こちらの声が届かない辺りにまで遠ざかった頃、もう堪えきれなくなったとばかりに、シャルリーヌが扇越しに爆笑した。

『あははは……っ!! もう、おかしいったら……！ そっかそっか、エドヴァルドルートって、攻略したら、ああなるんだ！ うわぁ、思わぬところでイイモノ見れた！』

『シャ、シャーリー……』

戸惑う私を置き去りにひとしきり爆笑した後、シャルリーヌは扇を持たないほうの手をポンと私の肩に乗せた。

『イケメンの、独占欲全開の牽制なら喜んで受け入れるから気にしないで。私が辿り着けなかったエドヴァルドルートの行く末を見させてもらえるなんて、これほど楽しいコトはないわ』

『独占欲……』

『宰相閣下って基本的にデレないから、ヤンデレとはちょっと違うでしょう？ 他人に執着しない訳じゃないからサイコパスとも違うし。むしろ独占欲が極まって偏愛至上主義に転がり落ちていってるような――』

『やーめーてー！ シャーリー、心理学部にでも転向する気なの――!?』

『動揺しまくりのレイナも面白いし』

『………!!』

『多分、宰相閣下とエドベリ王子って、思考回路がちょっと似てる気がするのよ。ただ、理性のブレーキがかけられる宰相閣下と違って、エドベリ王子のソレは、もはやただの粘着質。生理的に受け付けないレベルなのよねー』

……なんだか本人に会う前に、私の中のエドベリ王子像がどんどんと歪んでいく気がする。

そんな、なんとも言えない表情の私に『あとね？』と、さらにいたずらっぽくシャルリーヌは微笑《わら》う。

『レイナは今、聖女の姉っていう立場から一歩引いてはいるけど、本当は宰相閣下のこと好きだし、独占したいって思われても不愉快だとかは思わないでしょ。そこが私と違うのよ。今のレイナは私に比べれば立派なリア充！　なので友達の幸せにも、進んで協力するようにね!?』

三段論法にもなっていない強引な言葉に唖然として、シャルリーヌを凝視する。

『いや……聖女の姉って立場も結構大変なのよ？』

エドヴァルドが好きかと聞かれても、簡単に頷ける立場に今はないのだ。

と言っても、シャルリーヌは私の立ち位置をよくは知らないので、大丈夫大丈夫！　と、ヒラヒラ片手を振る。

『妹さんがお嬢様大学に通ってたって言うなら、間違いなくエドヴァルドルートの攻略は無理！　そこはもう、レイナの一人勝ちと思って良いわよ！　むしろ妹さんには、私の代わりにエドベリルートに入ってほしいくらいだわ。ああ、でも、妹さん今はフィルバートルート攻略中なんだっけ。ううん、一つはその辺りに探りを入れるとして……あとは陛下周辺の高位貴族で、該当しそうな人いないか探して……バリエンダールは、それからよね』

この時の私は、シャルリーヌの勢いに押され過ぎていて、話の後半しか、耳に入っていなかった。

すなわち、エドベリ王子の外遊時に、シャルリーヌを連れて帰りたいと言われることを阻止するにあたって、考えられる状況と周囲への影響を、まず考える必要がある、と。

ゲームではない現実――イデオン家以外の公爵家や、レイフ殿下の周囲の貴族や王族の力関係に関しては私もよく分かっていない。

そこは、確実にエドヴァルドの手を借りなくてはならないだろう。

現実逃避がてら頭を回転させて、ふと顔を上げる。

『シャーリー。最悪、エドベリ王子と一緒にギーレンに戻って、結婚するフリをするまでは、お芝居出来るの？』

『え』

『いやいや、やれとは言ってないから。他に色々考えに考えて、それしか方法が出て来なかった場合のシャーリーの意思も聞いておきたくて。それすらも耐えられないから、バリエンダールに行く！　って言うなら、それ前提で考えるし』

瞬間的にシャルリーヌの表情が、物凄くイヤそうに歪んだので、私も慌てて片手を振って、誤解を訂正する。

シャルリーヌも、あくまで可能性の話と分かってくれたのか、一瞬だけ考える仕種を見せた。

『そうね……そうした方が、ボードリエやベクレルの義父母に迷惑がかからないとかなら、百歩譲って考えなくもないかな……王家の意向に沿わずに、婚姻を拒んでる時点で迷惑かけてると思うから、出来るならそれ以上はね……』

シャルリーヌの表情は、それが間違《まご》うことなき本心だと語っている。

同時にシャルリーヌが、レイフ殿下派閥の誰かの差し金で、こちらを陥れようと画策している訳ではないことにも、そこで納得した。

そうであれば、出来る限りのことはしてあげたい。

『バリエンダールか……』

そちらもそちらで、王女視点でのまた違うシナリオがある。ゲーム内のシナリオを軽く思い出しつつ、私は冷めてしまった紅茶をもうひと口、口に運んだ。

当初考えていたような「自活」の道を探るなら、何もギーレンでなくとも、バリエンダールだって探すことは出来るはずだ。

私のつぶやきを聞いて、嬉々とした表情でシャルリーヌが声をかけて来る。

『いいじゃん、いいじゃん。お互いに最終ラインにそれがあると思えば、案外なんでも出来るんじゃない？　もしもの時は一緒に行こうよ』

『……そうねぇ……』

ふとエドヴァルドの顔が頭に浮かんで、感じた悪寒にふるりと身体をふるわせたのは秘密だ。

――シャルリーヌとは、長い付き合いになりそうな気がする。

そんなことを感じさせたお茶会だった。

＊　＊　＊

「レイナ。茶会で話していたのは、貴女の国の言葉なのか。セルヴァンも〝鷹の眼〟の連中も、誰も言葉が読み取れなかったと言っていた」

エドヴァルドの言った通り、その日の夕食は少し遅めになったけど、アフタヌーンティーを食べた私も、その時間までお腹がすくことはなかった。

と言うか、読唇術の出来る人間まで複数いるとか――公爵家の闇が深すぎる。

夕食のテーブルには逃げ場がない。私は視線を逸らしつつ小さく頷いた。

「あ……え……そうですね……」

「手紙もそうだったが、なぜそれをボードリエ伯爵令嬢が知っているんだ。あの様子だと、貴女と会うために、付け焼き刃で覚えたわけでもなさそうだった」

さすがに「転生」の話はしづらいなと、私は少し考え込んでしまった。

それに、アンディション侯爵が彼女の発言を〝予知〟と認識しているのなら、あまり乖離のある話もまずい。

「あの……その辺り、ちょっと説明が難しいと言うか……ここだけの話としていただいたほうがいいかもと言うか――」

「貴女の考えは分かった。聞いてからの判断にはなるとしか、私も言えないが」

私は、それを是として頷く風を見せながら、内心でどう説明したものか必死で考えをまとめてから顔を上げた。

「ええと、ギーレン国の〝扉の守護者《ゲートキーパー》〟は、高齢に差し掛かりつつあるとか」

「そうだな。そう聞いてはいる」

「それで早いうちに『予備』を置いておこうとして、向こうのほうでも当該者を探して――この国のごとく召喚術を行使したらしいんですけど」

少しもって回った言い方をしたかもしれないけど、エドヴァルドにそれが通じないワケがなかった。

「……まさか」

その声にこくこく頷く。

「なんと言うか、話はもっと残酷と言うか……人を呼ぶ召喚術には失敗したんです。召喚出来たのは、私の国に居た魔力持ちの少女の『記憶』と『知識』だけ。それが、ギーレン国ベクレル伯爵家の、生まれたばかりの赤子に刷り込まれる形で、次代〝扉の守護者《ゲートキーパー》〟候補者として、継承されてしまった」

召喚されたのは、人ではない――私の言い方に、エドヴァルドの顔色が変わった。

それは裏を返せば、舞菜《いもうと》や私にだって、その可能性があったと示唆することになるからだ。

異世界から人を呼ぶのに、どれほどの危険があったのか。エドヴァルド自身が改めて突き付けられていると言ってもよかった。

「ボードリエ伯爵令嬢は……」

「……不完全な召喚術の果てに、私が居た国で過ごした記憶と、学んだ知識とを持って、生まれて来た——ということになりますね。シャルリーヌと名付けられた赤ん坊が本来持つべきだった性質はその時に塗り替えられてしまったんだと思います」

「……待ってくれ。では、記憶と知識を抜かれたその少女は、貴女の国でどうなったんだ」

「亡くなっています」

「……っ」

エドヴァルドの表情が歪んだ。

どちらかというと、私を見て。

それを見て私も慌てて首を横に振った。

「すみません、言い方に語弊がありますね。私の国で亡くなったほうが先で、亡くなった魂——知識と記憶の集合体の中で、ギーレンの召喚術に反応したものがあった。と言うのが正確なところかと」

本当に召喚術が失敗したのかどうかなど、術者の年代的にも確かめられないはずだ。

ただ、輪廻転生の考え方がない以上、肉体が存在せず、記憶と知識のみが継承されているという話を説明するのに、他に言いようがない。

「なので、この国を訪れた彼女には、なんの悪意もなかったんです。ただ、ギーレンからこの国に来た後、私や舞菜《いもうと》の存在を耳にして、確実に自分の持つ記憶と知識に共感してくれる存在だと思ったと言っていました。苗字が独特ですからね。そして現状、王宮に住む妹よりは接触をしやすい、私のところに来た――と言う訳なんですよ」

「それは間違いなく……貴女の国の記憶と知識だったと？」

「そうですね。そもそも昨日届いた手紙の文字もそうですし、彼女にも、私の居た国で生きていた頃の名前があって、それも教えてくれました」

エドヴァルドは完全に、食事中だったカトラリーから手を放してしまっていた。

たとえそれが、ギーレンで行われた召喚術の結果と言われようと、実際には自分達が行ったことと、紙一重でしかなかったのだと気付かされたからに他ならないからだろう。

「それで……何故、彼女はアンディション侯爵経由でこんなことを？」

「ええっと……端的に言えば、彼女も私や妹が読んだ〝架空の国の物語〟の内容を知っているから、ということではあるんですけど……それにプラスアルファで色々絡みあってると言いますか……説明しだすと、少し長くなります」

そこで一度、エドヴァルドは黙り込んでしまった。

分かっていた。

召喚術の失敗などと、こんな言い方をすれば、きっとまた、彼は後悔に苛《さいな》まれると。

分かっていても、他に説明する手法を持たなかった私も、自分に嫌気がさすだろうと。

そして私が表情《かお》を歪めたことで、内心で何を思ったのかにも気付いてしまったのだろう。

エドヴァルドは、自分自身の葛藤を振り払うように、立ち上がった。

「………分かった。続きは書斎で話そう。デザートと紅茶は二階に運ばせる」

エドヴァルドは立ち上がると、ダイニングテーブルの向かいにいた私に、スッと右の掌《てのひら》を上向けて差し出す。

私が無言でその掌《てのひら》に自分の手を軽く乗せると、静かに立ち上がって椅子から離れた。

ふざけて「お姫様抱っこ」を言いだすこともしない。

初めて公爵邸に足を踏み入れた時のように、手を引いて、半歩先を歩くエドヴァルドの仕種は、どこまでも柔らかく、そして優しい。

まるで言葉の代わりに、私を気遣おうとするかのようだった。

書斎に入ってからも、そのまま応接ソファに私を座らせてから、向かいのソファに腰かけ私と相対している。

ヨンナが紅茶とデザートをテーブルに置いて下がるまで、エドヴァルドは無言だった。

大丈夫だから、というように彼の瞳を見つめるとようやく口火が切られた。

「すまなかった」

その言葉に随分気を遣われてしまっていると、改めて少し悔しく思う。そんなこと程度では傷つかないと言い返したい気持ちが一瞬芽生えて、消える。

私はありがとうございます、と言ってから首を振った。

「そんなわけで、私の方では全然領地報告のお話は聞けていないんですけど……」

そう水を向けてみると、エドヴァルドは反射のように言葉を返した。

「……アンディション侯爵は、毎年王族年金を余らせているくらいに清廉を保っている。いきおい、定例報告書とて、他の領も見本にしてもらいたいくらいに見事なものだ。明日の来訪までに、参考がてら目を通してみると良い。今年はもう家令には、特に問題はないと言って帰らせておいた」

「ありがとうございます。すみません書類を見れていなくて……」

そう言って頭を下げると、もういつもの空気だった。

エドヴァルドが首を横に振る。

「いや、まあ、妙齢の令嬢が定例報告書を預かって目を通すとは、一般的には思わないからな。ボードリエ伯爵令嬢のこともあったし、定例報告書は直接セルヴァンに渡せばいいことになっていたんだろう」

そこまで話して、エドヴァルドが若干言いにくそうに言葉を詰まらせた。

「……それよりも貴女が受け取ったアンディション侯爵からの手紙には、今後貴女とボードリエ伯爵令嬢に、定期的に訪ねてもらえたら邸宅《やしき》が華やぐとあったようだが――」

「ええと、端的に言うとアンディション侯爵はレイフ殿下側ではないというお話なんですが――ちょっと整理しましょう。私とボードリエ伯爵令嬢は今日、お互いが『読んだ』物語の内容の擦り合わせをしました」

シナリオゲームの概念がないエドヴァルドに、私とシャルリーヌにはゲームの共通知識があって、というわけにはいかない。『架空の国の物語』としての書物の中から、この国や周辺国の情報を知ったという設定を用いると、どうしても説明はそういった形になる。

「それで、その物語についてどうやら私は彼女よりもアンジェス国について詳しく、彼女は私よりもギーレン国に詳しかったんです。それで互いの情報を擦り合わせた結果――エドベリ王子の外遊に絡めたレイフ殿下の叛乱計画《クーデター》に関して、外枠が見えてきました」

「……何を、言っている？」

エドヴァルドが困惑した表情になっている。

それがアンディション侯爵の手紙とすぐに結び付かない上に、小娘二人のお茶会が、どうして叛乱計画《クーデター》云々と言った話になるのか、さすがにエドヴァルドの理解も追い付いていないようだ。

私はもう少し考えながら言葉を付け加える。

「話の核となるのは、〝扉の守護者《ゲートキーパー》〟についてです。この国の当代とギーレンの次代と目されているご令嬢。つまりはウチの妹とボードリエ伯爵令嬢――二人の争奪戦がギーレンとアンジェス国の間で起きるだろうと」

話す私の顔からは、多分表情がごっそり抜け落ちていたはずだ。

私が妹を語れば、どうしたってこうなるのは勘弁してほしい。

「アンディション侯爵様のお手紙は、その件で今後内密に話をする場が必要になれば自分の邸宅《やしき》を拠点とすればいいと。以降何かあっても、エドヴァルド様と――国王陛下に付くと、立場を明らかにしてくださったんですよ」

「……レイナ」

「もう少し、続きを聞いてくださいますか」

エドヴァルドから視線を逸らす、私の苦い心の内は、きっと見透かされているだろうけれど。

「――先代〝扉の守護者《ゲートキーパー》〟の死は、どうやらギーレン主導だったらしいんです」

その苦さをどう取り繕うか。

考えた末に私は、シャルリーヌの「殺したのは、恐らく国王陛下《フィルバート》だ」という部分を報告からは割愛することにした。

あくまでギーレンが誘拐を目論《もくろ》んだ結果、何か手違いがあって死に至らしめてしまったらしいとの話で押し通す。

「アンジェス先代〝扉の守護者《ゲートキーパー》〟の誘拐が上手くいったら、空席になるアンジェスの次代にはボードリエ伯爵令嬢を据えようとしたみたいで……レイフ殿下の派閥貴族には『誘拐の引責辞任を迫ってエドヴァルドと国王を失脚させる』ってエサをチラつかせて、王宮への手引きを誘導させたとか」

先代の死に関しては、やはりエドヴァルドはまるで関与の外にあったようだった。

それが証拠に、わずかに目を瞠《みは》っている。

「しかしそれは……証拠が……」

「ボードリエ伯爵邸で、伯爵が手を貸せと強要されていたのをシャルリーヌ嬢が耳にしたそうです。確かにそれは、証拠とは言いづらいですが……」

シャルリーヌに嘘をつくメリットはない。

私がそう言えば、エドヴァルドは反論が出来ずに、顔を顰《しか》めていた。彼から言葉が返ってこないのを確認してから、私はさらに言葉を続けた。

「もしそんな叛乱計画が成功したとしても、レイフ殿下の派閥では、そう長く国政を維持出来ないだろうから、エドベリ王子が乗っ取りをかけるのはきっと容易《たやす》い。それから〝扉の守護者《ゲートキーパー》〟になったシャルリーヌを、アンジェスから改めて妃として呼び戻せば立派な美談まで完成しての合法的な併合が完成です。印象操作も文句なし」

「そんな大それたことを実際に企むと？」

「少なくともシャルリーヌ嬢は、それを危惧していました。そして彼女は、一連の婚約破棄騒動でギーレンの王家には親子ともども多大なる不信感があって、相手が第二王子《エドベリ》に代わろうとも、いえ、尚更、ギーレンに戻る気はないと言ってました」

……粘着質だの生理的にイヤだのと、本音ダダ漏れだった事実は、とりあえず脇に置いておく。

納得したようにエドヴァルドが頷いているので、わざわざ言わなくてもいいだろう。うん。

大体アレ自体、とても王妃教育のほとんどを済ませたと言われる伯爵令嬢のセリフじゃない。

私は一旦喉を休めてから、エドヴァルドに頷いた。

「あとボードリエ伯爵夫人とアンディション侯爵様がお知り合いみたいなんです。それで、義理とはいえ娘がまたギーレンに利用されそうだとなった時に、侯爵様に相談してみたら？　と、なったみたいで……。その……侯爵様はテオドル大公時代の伝手《つて》で、バリエンダール国との繋がりをまだお持ちだそうですね。いざとなったらそれでシャルリーヌ嬢がアンジェス国から出ることもやぶさかじゃない――っていうのがボードリエ伯爵家の総意だそうです」

「……バリエンダール……」

予期せぬ第三国の国名に、明らかにエドヴァルドが面食らっている。

その驚きはもっともだし、私も聞いた時には驚いた。

彼の表情を見つつも、私は最後に付け加える。

「あの、今後のことも考えて、シャルリーヌ嬢には、ボードリエ家には表立って今の立ち位置から離れないようにとお願いしました。伯爵夫妻と娘との関係が思ったより良好なようなので、多分その『お願い』も、聞き入れてもらえると思います」

「……今後？」

ぴくりとエドヴァルドの眉が動いた。

聞き逃してほしかったのだけれど、さすが宰相閣下。

私を見る目が、少しずつ険しくなっていく。

……明らかに、私が勝手に動くことを警戒している目だ。ちょっとどころじゃなく怖いです。

慌ててエドヴァルドが脳裏に描いたであろうシナリオを、両手を振ることで否定しようと試みた。

「いえいえいえ！　私は確かに妹の『身代わり』を引き受けましたけど、頼まれたって、代わりにギーレンに連れて行かれるとかはやりませんよ!?　だいたい私には〝扉《ゲート》〟を維持するような力がそもそもないんです！　申し訳ないですけど、そこまでの姉妹愛は持ち合わせていませんからね!?」

わざわざ〝扉の守護者《ゲートキーパー》〟として召喚した以上、舞菜《いもうと》を保護する義務は、アンジェスと言う「国」に帰するはずで、ロクに力を持たない私が首を突っ込むどころの話じゃない。

何より私が、妹の楯《かわり》になる義理はない。

国の重鎮が雁首を揃えるなら、くれぐれもそんな芸のない方法はとるなと、声を大にして言いたい。

「……っ、すまない！　私は……」

そしてエドヴァルドは、そんな私が口にしなかった、声なき言葉まで察することが出来る。出来てしまう人だ。

自分の態度をすぐさま後悔したかのように、片手で口元を覆っていた。

「すまない。私はただ……貴女には、この前のような無茶はしてほしくないと……それだけで……」

どうやら私が囮《おとり》で馬車に乗った挙句に倒れた事件は、エドヴァルドにトラウマを植え付けてしまったらしい。

すみません、反省してます。

分かっていますという意味で頷くと、エドヴァルドは呼吸を整えてから、首を横に振った。

「エドベリ王子の外遊に前後して〝扉の守護者《ゲートキーパー》〟が再び狙われるかもしれないというのは理解した。明日にでも、フィルバートに仄《ほの》めかしておく。だが――」

そこで一度言葉を切ると、エドヴァルドは私に向き直った。

「貴女の『身代わり』をそこにまで拡大解釈させるつもりはない。誰が何を言おうと、私がそれを許さない。だから貴女も、一人で無茶はしないと約束してほしい」

「エドヴァルド様……」

「少なくとも身代わりを忌避するあまりに、ボードリエ伯爵令嬢と共にバリエンダールに逃れる――などという選択肢だけは、今すぐここで捨ててほしい」

「！」

口元に手をあてたまま、視線でこちらを射貫いてくるエドヴァルドに、私は思わず息を呑んでしまった。

「つまり、現状はこうだ。ボードリエ伯爵は当面レイフ殿下派を装ったまま、令嬢を通してこちら側に情報を流してくれる。見返りは、令嬢をギーレンに引き渡さないこと。そうだな？　あくまでバリエンダールへ逃れる話は最終手段だろう。いくら伝手《つて》があろうと、逃れた先でどのように扱われるかまでは、保証がないのだからな」

「そう……ですね」

たとえ〝蘇芳戦記〟上の情報があろうと、シナリオ改変がかかっている可能性はゼロじゃない。アンジェスやギーレンにおける、私やシャルリーヌの存在を思えば、それは否定できない。

「侯爵様も、本当に最終手段としておいてほしいとは、シャルリーヌ嬢に仰ったみたいです」

私が肯定するのを見て、エドヴァルドはわずかに頷いた。

「だろうな。私が貴女とボードリエ伯爵令嬢の話を信じたならば、そんな賭けには出ずとも、外交戦略でなんとか出来るだろうと、あの方なら言い切ったに違いないからな」

「なんとか――」

なりますかね、という言葉はエドヴァルドの即座の返事に呑み込まれた。

「——してみせる。私を誰だと思っている。いくら貴女に『物語』で読んだ知識があろうと、王宮で起きることならば、権力もコネも、私には一日《いちじつ》以上の長がある。もともとエドベリ王子の外遊の目的が建前であることくらいは分かっていた。本来の目的が分かれば、それに応じた対処をするだけのことだ。その中でボードリエ伯爵令嬢がギーレンには戻りたくないと言うのなら、それも考慮して動き方は考えよう」

今の話を聞けば、シャルリーヌが泣いて喜びそうだ——と漠然と考えていると、それを見ていたエドヴァルドが、わずかにため息を漏らした。

しまった。

シナリオの先を考えるあまりに頭の中で話が逸れていた。

私は慌てて顔を上げる。すると先ほどよりは力の弱まった紺青色の瞳が私を覗き込んでいた。

珍しい。まじまじと見つめ返すと、エドヴァルドが長い溜息をつく。

「未だ私は男として充分に意識されていない、か……」

「……え？」

「レイナ。私は、貴女をバリエンダールには行かせないと、そう言っている」

「……えっと、はい」

「貴女の居場所は、私の隣だ。——それ以外は認めないと言っているんだ」

「えっ⁉」

そして、あっと言う間に私の視界は、テーブルの上のケーキから天井へと変わり——最後は、エドヴァルドの瞳に映った自分へと、変わっていた。

「この話、私に預けろ。貴女はこれ以上関わらなくていい。——いいな？」

私は返事をさせてもらえなかった。

唇を塞がれてしまっては、否《いな》とさえ、言えなかった。

エピローグ　現実と物語の狭間で

「貴女にとって私は、聖女と共に切り捨ててしまえるほどの存在でしかないのか……？」

ここにいろ、とエドヴァルドが囁く声が鼓膜を揺さぶった。

「……私……」

意識をしていないわけじゃない。

むしろ恋愛初心者の私にとって、自分でもどうしていいのか分からないほどの混乱と不安の嵐が内心を吹き荒れていると言ってよかった。

もちろん、彼を憎んでも嫌ってもいないからこその今なのだけど。

果たして自分が抱いている思いが、エドヴァルドが望んでいる答えと同じなのか。

私にはそれがまだ分からなかった。

「私を受け入れてくれ、レイナ」

繰り返される口づけの合間で、バリエンダールになど行かせない——と、言葉がさらにこぼれ落ちる。

——ああ、そうだ。

不安の正体。

バリエンダール、の言葉でふと思い至る。

実はバリエンダールには、バリエンダール側の物語がある。

ゲーム〝蘇芳戦記〟上ではエドヴァルドルートとの接点そのものがなかったはずだけど、シャルリーヌの登場と彼女の意志自体が、既にシナリオからは逸脱しているのだ。

もしも私とエドヴァルドがいざと言う時の亡命先に、ギーレン国ではなくバリエンダール国を選んだら……？

果たしてエドヴァルドが、亡命途中に暗殺されるというバッドエンドは迎えずに済むのだろうか。

「……ません」

「レイナ？」

「少なくともエドベリ王子の外遊日程が無事に消化されるまでは……どこにも……」

そうだ、そもそもまだバッドエンドへのフラグが立ったわけじゃない。

ギーレン国からエドベリ王子がやって来る。

確定している未来は、まだそれだけだ。

叛乱、亡命、暗殺。

どれ一つとして、エドヴァルドに近付けるつもりはない。それは断言出来るけど。

「………そうか」

聞こえたバリトンの囁き声が喜んでいるように思えたのは、気のせいだろうか。

呼吸もままならならない状況で、それ以上考えることが難しくなってきた。

――視察旅行の話も、もう少し考えさせてもらってもいいですか、エドヴァルド様。

【番外編】聖女の夢想（ＳＩＤＥ：舞菜）

十河《そがわ》家の双子姉妹は、小さい頃から近所でも有名だった。

でも、ちょっと順番が後になっただけなのに「妹」扱いをされるのは気に入らなかった。

だから「お姉ちゃん」なんて呼んであげない。

私《マナ》と双子なんだから、レナちゃんでいいじゃん！

そう言ってあげたら、ちょっと不服そうに唇を尖らせていたけど、お勉強しか出来ない、愛想が足りないレナちゃんはそっちの方がいいって教えてあげたの。

お父さんも、お母さんも賛成してくれたしね！

お勉強しか出来ないレナちゃんは、友達だって少なかった。

だから代わりにみんなに話しかけてあげたの。

十河家にはマナがいるからね、って！

ほら、こんなにレナちゃんのフォローをしているんだから、ちょっとくらいマナの勉強をフォローしてくれたってよくない？

マナのためにならないって、何？　たった二人の、双子の姉妹なのに。

お父さんも、お母さんも可愛いマナはそれでいいって言ってるのよ？

可愛いマナといれば、いろんな人がレナちゃんにも話しかけてくれるんだよ？

そう言って、ずっと側にいさせてあげたのに、レナちゃんはある日いきなり別の大学に合格して、家を出て行ってしまった。

何よ！　マナがいるから、つまらないレナちゃんでも皆、話しかけていてくれたんだよ!?

つまらないレナちゃんがいるから、皆、マナのほうが全然可愛いって言ってくれてたのに！

面白くない！　お父さんと、お母さんだってずっと機嫌が悪い。

きっと、そんなマナの寂しさを神様が可哀そうだと思ってくれたんだと思うの！


ある日、いつもお茶をしている友達と別れて家に帰ろうと、道の角を曲がったはずだったんだけど、足元から眩しくて見えないくらいの光が溢れてきた。

それで、気が付くと何故かお城の中にいたの。

「……なんのファンタジー？　これ……」

「――ようこそ、異世界の〝聖女〟よ」

「きゃあっ!?」

何が起こったのか分からなくて呆然としていたところに、後ろからいきなり声をかけられた。

「失礼、驚かせてしまったようだ」

「!?」

あんまり驚いたから、かよわい女の子に酷いわ！　って言ってあげようとしたんだけど、振り返った先の有り得ない光景に、そんな言葉はどこかに行ってしまった。

「……リアル王子様きた……」

「うん？」

金髪に青い目。アニメやマンガの世界でしかお目にかからなそうな衣装とマントの、ザ・王子様。

しばらくうっかり見惚《みと》れちゃったけど、どこかで見た人だと思いつつ……案内された別の部屋で自己紹介と今の状況の説明を受けたところで、ようやくどこで見たのかを思い出したの！

(うそっ、まさか〝蘇芳戦記〟の設定と同じ!?)

美形の国王や王子様、キラキラしたスチルがいっぱいで、ジャケットを目にした瞬間に、買ってもらった乙女ゲームの世界！

「しかもよりによって、レナちゃんが未だ、攻略してくれてなかった最新のヤツ……」

ちょっとガッカリした。

レナちゃんが攻略済みのゲームだったら、それぞれのキャラクターをどうやったら攻略出来るのかを聞けたのに！

受験が終わってからにしてくれと、攻略を後回しにされていたゲームの世界だなんて！

私の呟きに首を傾げていた王子様らしき人は、ふわっと微笑んでこちらを見た。

「どうしたのかな？　私はフィルバート・アンジェス。この国の国王だ。君には無理を言って来てもらったんだ。衣食住は保証しよう。部屋だって王宮内に掃いて捨てるほどある」

そう言ってニコニコと笑うフィルバート・アンジェス様。

それから明日は友達と新しいスイーツのお店に行こうって言っていたのに……と、ちょっと悲しげな表情を見せたら、部屋に食べきれないほどのケーキやフルーツを手配してくれたから、寛大なマナは許してあげるの。

だって皆、マナがちょっとニコニコ笑ってあげれば、それでいいって言ってくれるんだもの。

この王様だって、きっとそう。フィルって呼びたいって言ったら「どうぞ思いのままに」って笑いかけてくれた。

それからは少しだけつまんない話。

どうやらマナは〝魔力〟って呼ばれている不思議な力を身体の内側にたくさん持っているみたいで、時々それを、皆が移動する「扉」のエネルギーとして分けてほしいって言われたの。しかも定期的に。

そうすると、なかなか家に帰れなそうでどうしようかって思ったんだけど、それさえ手伝ってくれれば、お姫様みたいな生活をさせてくれるって言われたから、首を縦に振ってしまった。

いくつになっても「お姫様」は女の子の憧れだもの！

それからお姫様みたいな生活をさせてくれるって言ったフィルは、実際に美味しいものを出してくれたり、ドレスや宝石も用意してくれた。

だけど、日が経つにつれて、いつもフィルの近くで無愛想に仕事をする濃い青色の髪の「宰相」とか「エディ」とか呼ばれている男の人の顔が、どんどんと不機嫌になっていく。

自分の身を守るためにもこの国のことを学ばせた方がいいって、何よ！　マナの意思で来たわけでもないのよ⁉　余計なことを吹き込まないで！　アナタがそんなことを言い出すから、とうとうフィルまで同じようなことを言い出しちゃったじゃない！

　もう、面倒くさい！　レナちゃんがここにいてくれたら、そういうことは全部代わりにお願い出来るのに！

「……あ」

　プンプンと怒っていたところで、いいことを思いついた！

　今日も私にお説教をしようとしていた彼に向き直り、私は勇気を出してこう言った。

「あ、あのっ！　マナには双子の姉がいるんだけど⁉」

「は？」

　さすがに唐突だったかな。フィルがびっくりしてる。

　私はレナちゃんがどれぐらい便利かを伝えるために、ぐっと胸を張った。

「たった二人の姉妹なの！　マナは〝聖女〟のお仕事を頑張るから、難しいことはレナちゃんに頼むと完璧だよ⁉　マナのためだって言えば、きっと来て手伝ってくれるから！」

「「…………」」

　二人が顔を見合わせている。

　うん、これなら近いうちにきっとレナちゃんはこっちに来る。

　そしたらちゃんと〝蘇芳戦記〟のことを聞いて、フィルを攻略しないと！　ううん、他の国の王

子様とかでもいいかも⁉

今まで遊んでいたゲームの内容を思い返したら、なんだか楽しい気持ちになってきた。

相変わらず、つまらない生活を送っているんだろうなぁ……レナちゃん。

ふふっ、早く来ないかな。

つまらないレナちゃんがいてくれれば、マナはまた元通り楽しく過ごせるだろうし。

来るまでに〝蘇芳戦記〟を攻略しておいてくれたらいいなぁ――

この作品に対する皆様のご意見・ご感想をお待ちしております。

おハガキ・お手紙は以下の宛先にお送りください。

【宛先】

〒150-6008 東京都渋谷区恵比寿4-20-3 恵比寿ガーデンプレイスタワー8F
（株）アルファポリス　書籍感想係

メールフォームでのご意見・ご感想は右のＱＲコードから、
あるいは以下のワードで検索をかけてください。

アルファポリス　書籍の感想　検索

ご感想はこちらから

本書は、「アルファポリス」（https://www.alphapolis.co.jp/）に掲載されていたものを、
改題、改稿、加筆のうえ、書籍化したものです。

聖女《せいじょ》の姉《あね》ですが、宰相《さいしょう》閣下《かっか》は
無能《むのう》な妹《いもうと》より私《わたし》がお好《す》きなようですよ？2
渡邊 香梨（わたなべ　かりん）

2023年 5月 5日初版発行

編集－古屋日菜子・森 順子
編集長－倉持真理
発行者－梶本雄介
発行所－株式会社アルファポリス
〒150-6008 東京都渋谷区恵比寿4-20-3 恵比寿ガーデンプレイスタワー8F
TEL 03-6277-1601（営業） 03-6277-1602（編集）
URL https://www.alphapolis.co.jp/
発売元－株式会社星雲社（共同出版社・流通責任出版社）
〒112-0005 東京都文京区水道1-3-30
TEL 03-3868-3275
装丁・本文イラスト－甘塩コメコ
装丁デザイン－AFTERGLOW
（レーベルフォーマットデザイン―ansyyqdesign）
印刷－中央精版印刷株式会社

価格はカバーに表示されてあります。

落丁乱丁の場合はアルファポリスまでご連絡ください。

送料は小社負担でお取り替えします。


ISBN978-4-434-31943-3 C0093